I0526485

L'AVARE,

COMÉDIE EN CINQ ACTES,

De J. B. Poquelin de Molière ;

MISE EN VERS

Par Antoine Rastoul.

AVIGNON,

DE L'IMPRIMERIE DE RASTOUL,

PLACE PUITS-DES-BOEUFS, 4 et 5.

1836.

L'Auteur, en dédiant cette Pièce à Monsieur De VERCLOS, qui lui avait donné l'idée de la mettre en vers, lui a adressé ceux-ci :

VERCLOS, vous m'aviez suggéré
Une entreprise périlleuse ;
Voyez si je m'en suis tiré
D'une manière avantageuse.
Mon ouvrage mis sous vos yeux
Attend un arrêt équitable ;
Et votre esprit judicieux
Décidera s'il est passable.
Lisez donc à votre loisir
Les vers dont j'affuble Molière ;
Puissiez-vous y prendre plaisir !
Ce sera mon plus doux salaire.

PERSONNAGES.

HARPAGON, père de Cléante et d'Élise, et amoureux de Marianne.

ANSELME, père de Valère et de Marianne.

CLÉANTE, fils d'Harpagon, amant de Marianne.

ÉLISE, fille d'Harpagon.

VALÈRE, fils d'Anselme et amant d'Élise.

MARIANNE, fille d'Anselme.

FROSINE, femme d'intrigue.

MAITRE-SIMON, courtier.

MAITRE-JACQUES, cuisinier et cocher d'Harpagon.

LAFLÈCHE, valet de Cléante.

DAME CLAUDE, servante d'Harpagon.

BRINDAVOINE,
LAMERLUCHE, } laquais d'Harpagon.

UN COMMISSAIRE.

La scène est à Paris, dans la maison d'Harpagon.

L'AVARE.

ACTE PREMIER.

SCÈNE PREMIÈRE.

VALÈRE, ÉLISE.

VALÈRE.

CHARMANTE Élise, objet de mon idolâtrie,
Hé quoi! vous vous livrez à la mélancolie,
Après que votre bouche a daigné m'assurer
Du don de votre foi! je vous vois soupirer,
Hélas! en cet instant qu'un transport d'alégresse
S'exhale de mon cœur, pour vous plein de tendresse,
Voyez-vous à regret le bonheur d'un amant,
Et vous repentez-vous d'un tendre engagement,
Tandis que mon ardeur a pu vous y contraindre?

ÉLISE.

Non, Valère; mon cœur, incapable de feindre,
De ce qu'il fait pour vous ne peut se repentir;
Et même à l'avouer je goûte un vrai plaisir.
Par un charme puissant je me sens entraînée;
Puis-je donc désirer une autre destinée?
Mais à vous dire vrai, quand je songe au succès,
Inquiète, je crains qu'aimer avec excès
Ne soit repréhensible.

1

Valère.

Oh ! non jamais Élise
Par ses bontés pour moi ne sera compromise.
Hé ! qu'appréhende-t-elle ?

Élise.

Hélas ! trop à la fois.
Oui, j'ai beaucoup à craindre, et d'abord j'entrevois
De l'auteur de mes jours l'implacable colère ;
Les reproches amers d'une famille altière ;
Les censures du monde, au mal toujours enclin ;
Mais, je crains plus encor le changement soudain
De votre cœur fragile, et la froideur coupable
Dont l'homme trop souvent perfide, impitoyable,
Paye avec impudence un innocent amour,
Prouvé trop ardemment, et digne de retour.

Valère.

Ah ! c'est juger à tort mon cœur plein de franchise.
Ne l'assimilez pas aux autres, chère Élise ;
Soupçonnez-moi de tout plutôt que de manquer
Aux devoirs de l'amour si doux à pratiquer ;
Ah ! je vous aime trop pour en avoir l'idée ;
Et pour mes jours entiers ma foi vous est gardée.

Élise.

Ah ! Valère, chacun tient les mêmes discours ;
Les hommes en cela se ressemblent toujours ;
Et leur conduite seule en fait la différence.

Valère.

Puisque nos actions donnent la connaissance
Des vertus, des défauts que nous pouvons avoir ;
Le jugement du cœur sur elles doit s'asseoir.
Jugez ainsi du mien ; étant irréprochable,
Il espère de vous un arrêt équitable.

Par les sensibles coups d'injurieux soupçons
Ne l'assassinez pas ; écoutez mes raisons ;
Rendez-vous ; de mes feux remarquez la constance,
Et donnez-moi le temps d'en prouver la décence.

ÉLISE.

Qu'il est facile, hélas ! dans un doux entretien
De nous persuader, lorsque nous aimons bien !
Oui, loin de m'abuser, votre cœur est sincère ;
Je m'en flatte, et je crois que vous m'aimez, Valère,
Et que, brûlant pour moi du feu le plus ardent,
Vous me serez fidèle ; oui, tout m'en est garant ;
Et l'unique chagrin que ressente mon ame,
C'est l'appréhension de m'exposer au blâme.

VALÈRE.

Mais pourquoi cette crainte ?

ÉLISE.

Eh ! l'aurais-je un moment
Si du même œil que moi l'on voyait mon amant !
Que de puissants motifs de vous trouver aimable !
Ma conduite envers vous est vraiment excusable ;
Votre mérite sert de défense à mon cœur ;
On peut y voir les traits de mon libérateur,
Gravés par le burin de la reconnaissance.
Avec un vif plaisir, à toute heure je pense
Au danger étonnant qui menaçait mes jours ;
Il vous offre à mes yeux, volant à mon secours
Et pour me dérober à l'onde furieuse
Exposant de vos jours la trame généreuse.
Je me retrace aussi tous vos soins délicats
Quand je fus hors de l'eau par l'effort de vos bras ;
Les hommages d'un cœur, tendre et sans défiance,
Et dont le temps n'a pas ébranlé la constance ;
Cet amour véhément qui vous porte à l'oubli

De parents, de patrie, et vous retient ici,
Où pour me plaire, enfin, vos manières discrètes
Laissent à tout le monde ignorer qui vous êtes;
Et réduit chez mon père à servir de valet,
De votre état réel le mystère est complet.
Pourrais-je à tant d'égards demeurer insensible?
Non, mon engagement n'est pas repréhensible;
A mes yeux c'est assez pour le justifier;
Des autres toutefois, je dois me défier;
Rien ne me garantit qu'ils entrent dans mes vues.

VALÈRE.

Ah! de mon seul amour les marques assidues
Me feront mériter quelque chose de vous
Et j'ai lieu de prétendre au destin le plus doux.
Bannissez toute crainte, allons, plus de scrupule;
Votre père lui-même, homme assez ridicule,
A vous justifier s'applique dès long-temps;
Jusqu'à l'excès, avare et dur pour ses enfants,
Il autoriserait des choses plus étranges;
Vous savez qu'il ne peut mériter des louanges;
Pardonnez, chère Élise, au moins ce que j'en dis;
Mais enfin j'entrevois un terme à nos ennuis,
Surtout si je retrouve, ainsi que je l'espère,
Mes parents; aussitôt je fléchis votre père;
De connaître leur sort je suis impatient;
Si je n'en apprends rien, je pars incessamment
Pour les aller chercher.

ÉLISE.

Restez ici, Valère.
Au Seigneur Harpagon efforcez-vous de plaire;
Par des soins obligeants gagnez son amitié.

VALÈRE.

Mais je me crois déjà chez lui sur un bon pié.

Élise, pour pouvoir entrer à son service
Il me fallut user de beaucoup d'artifice ;
Et pour avoir des droits à son affection,
Rapports de sentiments, marques d'attention,
Sympathie apparente, enfin avec adresse
Tout est mis en usage ; et malgré sa rudesse
Je fais dans son esprit d'admirables progrès ;
A gagner les humains on ne parvient jamais
Sans copier leurs mœurs, sans entrer dans leurs vues,
Pallier leurs défauts et louer leurs bévues ;
Être trop complaisant n'est jamais dangereux ;
Pour les jouer, enfin, quoiqu'on fasse à leurs yeux,
Dupes de l'artifice et de la flatterie,
Les plus fins sont en butte à la plaisanterie ;
De louanges surtout assaisonnant les mots,
On fait très-aisément tout avaler aux sots.
Quel pénible métier pour moi qui suis sincère !
Des autres j'ai besoin ; allons, il m'y faut faire.
Lorsqu'on ne peut gagner les hommes que par là,
Le flatteur n'a pas tort ; c'est sa dupe qui l'a.

ÉLISE.

Ayez aussi recours à l'appui de mon frère ;
Tâchez de l'obtenir, il semble nécessaire,
En cas que la servante allât tout découvrir.

VALÈRE.

De cette idée, Élise, il faut se départir ;
Ménager l'un et l'autre est chose impraticable,
Tant du père et du fils l'esprit est dissemblable.
La double confidence est donc à rejeter ;
A l'amitié d'un frère il vaut mieux s'arrêter ;
Oui ; dans nos intérêts entrainez-le, de grace ;
Il vient fort à propos, je lui cède la place :
Le temps est opportun, vous serez sans témoins ;
Mais en l'entretenant de notre affaire, au moins

Ne lui faites savoir que ce que la prudence
Peut vous dicter.

ÉLISE.

Je crains que cette confidence ,
De ma bouche ne soit difficile à sortir.

SCÈNE II.

CLÉANTE , ÉLISE.

CLÉANTE.

Vous trouver seule ici me cause un vrai plaisir ;
J'avais à vous parler, et je brûlais d'envie
De vous ouvrir mon cœur.

ÉLISE.

Votre sœur , votre amie
Est prête à vous ouïr ; mon frère, expliquez-vous.

CLÉANTE.

Que n'ai-je pas à dire ? ah ! j'aime ! un mot si doux ,
Lui seul explique assez.

ÉLISE.

Quoi, vous aimez !

CLÉANTE.

Oui , j'aime.
Mais , d'un père , avant tout l'autorité suprême
Me rappelle au devoir du fils le plus soumis.
Il faut de nos parents respecter les avis ;
Le cœur ne doit jamais , quoique plein de tendresse ,
Sans leur consentement faire aucune promesse.
Le ciel les a rendus arbitres de nos vœux ;

Il ne faut se laisser diriger que par eux ;
Nullement prévenus d'une ardeur indiscrète,
Moins que nous à l'erreur ils ont l'ame sujète ;
Et beaucoup mieux que nous savent ce qu'il nous faut.
Que sur nos passions leur prudence prévaut !
D'un précipice affreux toujours avec adresse
Elle vient garantir notre aveugle jeunesse.
De tout cela, ma sœur, j'ai voulu vous parler
Pour qu'il ne soit besoin de me le rappeler ;
Gardez sur mon amour le plus profond silence ;
Il ne souffrirait pas la moindre remontrance.

ÉLISE.

Mon frère, avec l'objet de vos doux sentiments
Auriez-vous, dites-moi, pris des engagements ?

CLÉANTE.

Non, ma sœur, mais j'y suis résolu, sur ma vie.
Pour m'en dissuader, gardez-vous, je vous prie,
De me rien objecter ; vous prêcheriez en vain.

ÉLISE.

Élise vous croyait le jugement plus sain ;
Elle vous paraît donc bien extraordinaire.

CLÉANTE.

Non ; mais vous n'aimez pas ; votre sagesse austère
Préserve votre cœur des traits du dieu malin
Sans peine devenu maître de mon destin.

ÉLISE.

Hélas ! il ne faut point parler de ma sagesse.
Eh ! qui durant sa vie est exempt de faiblesse ?
Peut-être qu'à vos yeux, en vous ouvrant son cœur,
Bien moins sage que vous paraîtra votre sœur.

CLÉANTE.

Plût au ciel que votre ame à la mienne semblable !

ÉLISE.

Finissons votre affaire et de l'objet aimable
Dont vous êtes épris, déclarez-moi le nom.

CLÉANTE.

Depuis fort peu de temps, non loin de la maison
Une jeune personne habite; ah! que ses charmes
Pour subjuguer les cœurs sont de puissantes armes!
La nature a sur elle épanché ses bienfaits;
Je la vis, et l'amour me perça de ses traits;
Marianne on la nomme, elle est près d'une mère,
Modèle de bonté, mais valétudinaire;
Elle la sert, la plaint et trouve le bonheur
En lui donnant des soins qui calment sa douleur.
Dans tout ce qu'elle fait, quel charme, quelle grace!
De bonnes actions elle n'est jamais lasse.
Par son honnêteté, la douceur de ses mœurs
Marianne, en un mot, s'attire tous les cœurs:
Voilà celle que j'aime; ah! si vous l'aviez vue!

ÉLISE.

Mon frère, votre amour l'a si bien défendue
Que je n'ai pas besoin d'autre éclaircissement
Pour savoir ce qu'elle est.

CLÉANTE.

                         J'ai fort adroitement
Découvert leur état; elles sont bien peinées,
Tant pour vivre elles ont des facultés bornées.
Figurez-vous, ma sœur, combien l'on est heureux
D'adoucir le destin de l'objet de ses vœux;
Et de pouvoir aller d'une façon discrète
Au devant des besoins d'une famille honnête.
Mais quel chagrin pour moi qui voudrais chaque jour
Par de pareils moyens témoigner mon amour,

De voir au doux plaisir de mon ame sincère
S'opposer fortement l'avarice d'un père.

ÉLISE.

Mon frère vous devez avoir un grand chagrin ;
Je le conçois assez.

CLÉANTE.

Il me perce le sein.
Eh ! quoi de plus cruel que l'épargne sordide
Dont toujours envers nous use un père rigide !
A quoi nous servira d'avoir un jour du bien ?
Hélas ! lorsqu'on est vieux on ne jouit de rien.
Maintenant pour avoir des vêtements honnêtes,
Ou pour m'entretenir je contracte des dettes.
Enfin vous connaissez les replis de mon cœur ;
Vous vous joindrez à moi, je l'espère, ma sœur ;
Et sur mes sentiments nous sonderons mon père ;
Si, contre mon espoir, je l'y trouve contraire,
Avec l'aimable objet qui doit me rendre heureux,
J'ai formé le dessein d'aller en d'autres lieux ;
Mais pour l'exécuter n'ayant nulle ressource,
Il faudra que quelqu'un veuille m'ouvrir sa bourse ;
Aussi fais-je chercher un honnête prêteur ;
Et si pour vous, mon père est de la même humeur,
Nous quitterons tous deux ce séjour détestable,
Et nous affranchirons de l'état misérable
Où depuis si long-temps sa lésine nous tient.

ÉLISE.

Toujours plus contre lui son humeur nous prévient,
Et nous fait regretter la mort de notre mère.

CLÉANTE.

J'entends sa voix ; allons loin de son œil sévère
Achever le récit de nos desseins secrets ;

2

Tous deux pleins de courage, il faut nous joindre après
Pour venir de son ame attaquer la rudesse.

SCÈNE III.

HARPAGON, LAFLÈCHE.

HARPAGON.

Hors d'ici tout-à-l'heure ! allons qu'avec vitesse
On fasse son paquet; et qu'on se garde bien
De proférer un mot; vrai filou, franc vaurien.

LAFLÈCHE, *à part.*

Que ce maudit vieillard est d'humeur inquiète !
Non, je n'ai jamais vu de plus méchante bête;
Il a le diable au corps.

HARPAGON.

Je crois qu'entre ses dents
Il murmure.

LAFLÈCHE.

Pourquoi me chasser de céans ?

HARPAGON.

Voyez donc le pendard; il demande des causes;
Sors promptement te dis-je, autrement tu t'exposes
A ce que je t'assomme.

LAFLÈCHE.

Eh ! que vous ai-je fait ?

HARPAGON.

Tu m'as fait..... que soudain d'un si mauvais sujet
Je veux voir les talons.

LAFLÈCHE.

Votre fils est mon maître ;
Il m'a dit de l'attendre.

HARPAGON.

Et moi, je prétends, traitre,
Que ce soit dans la rue et non dans la maison,
Où depuis si long-temps comme un vil espion
A mes pas attachés, tu m'observes sans cesse ;
Garderai-je un maraud dont la scélératesse
Ne cherche qu'à me nuire, et dont les yeux maudits
Dévorent mon avoir ; par l'intérêt séduits,
Ils furètent partout et verraient avec joie
Que quelque objet de prix pût devenir ta proie.

LAFLÈCHE.

Chaque chose est ici fermée à double tour ;
Vous faites sentinelle et la nuit et le jour ;
Pour vous voler, monsieur, il faudrait être un diable ;
Un homme comme vous, ma foi, n'est pas volable.

HARPAGON.

Oui, si cela me plait, puisqu'on me pousse à bout,
Je ferai sentinelle et renfermerai tout.
Voilà donc des marauds prenant garde sans cesse
A tout ce que l'on fait. *(à part.)* Oh! dans quelle détresse
Mon esprit est plongé par l'appréhension
Qu'il n'ait de mon argent conçu quelque soupçon.
(haut.)
Ne serais-tu pas homme à vouloir faire croire
Que j'ai beaucoup d'argent caché dans une armoire.

LAFLÈCHE.

Vous avez, dites-vous, de l'argent caché ?

HARPAGON.

Non ;
Je ne dis pas cela ; c'est faux, maître fripon.
(à part.)
J'enrage. *(haut.)* Je demande enfin si par malice
Tu n'irais pas, maraud, à mon grand préjudice,
Faire courir le bruit que j'en ai de gros tas.

LAFLÈCHE.

Ayez beaucoup d'argent, ou bien n'en ayez pas,
Peu nous importe, hélas ! c'est pour nous tout de même.

HARPAGON , *levant la main pour donner un soufflet à Laflèche.*

Tu fais le raisonneur ; de ma colère extrême
Si tu ne veux, coquin, ressentir les effets ,
Sors.

LAFLÈCHE.

Hé bien ! j'obéis.

HARPAGON.

Attends ; de maints valets
N'aurais-tu pas suivi les exemples perfides ?
Ne m'emportes-tu rien ? tes mains sont-elles vides ?

LAFLÈCHE.

Que vous emporterais-je ?

HARPAGON.

Allons, montre tes mains.

LAFLÈCHE.

Voyez.

HARPAGON.

Les autres ?

LAFLÈCHE.

Quoi ! les autres ?

HARPAGON.

Oui, je crains
Qu'ici dedans... *(montrant le haut de chausses de Laflèche.)*

LAFLÈCHE.

Hé bien ! regardez-y vous-même.

HARPAGON, *tâtant le bas des hauts de chausses de Laflèche.*

Ces hauts de chausses sont d'une grandeur extrême
Et propres à céler ce qu'on peut avoir pris ;
Je voudrais qu'on en eût fait pendre plus de dix.

LAFLÈCHE, *à part.*

Ah ! qu'il mériterait d'avoir de justes craintes !
Que ne puis-je le voir s'abandonner aux plaintes !
Et que j'aurais plaisir à le voler !.

HARPAGON.

Hé !

LAFLÈCHE.

Quoi !

HARPAGON.

Tu parles de voler ?

LAFLÈCHE.

Non ; je dis que sur moi
Vos soupçons mal fondés et votre caractère
Vous portent à fouiller.

HARPAGON.

C'est ce que je veux faire.
(Harpagon fouille dans les poches de Laflèche.)

LAFLÈCHE.

Fouillez bien. *(à part.)* Peste soit des avaricieux !

HARPAGON.

A qui s'adressent donc ces mots injurieux ?

LAFLÈCHE.

Aux ladres, aux vilains.

HARPAGON.

Qui sont ceux-là ?

LAFLÈCHE.

Parguiène !
De quoi, mon bon monsieur, vous mettez-vous en peine ?

HARPAGON.

De ce qu'il faut, pendard ; redoute mon courroux.

LAFLÈCHE.

Est-ce que vous croyez que je parle de vous ?

HARPAGON.

Je crois ce que je crois ; mais il faut que tu dises
A qui, sans t'émouvoir, tu vomis des sottises.

LAFLÈCHE.

Eh ! qui puis-je fâcher ? je parle à mon bonnet.

HARPAGON.

Voyez donc le vaurien, comme il fait le benêt.
Sais-tu que je pourrais parler à ta barrette.

LAFLÈCHE.

A fronder les vilains ma bouche est toujours prête ;
Et les vilipender pour elle est un plaisir ;
L'en empêcherez-vous ?

HARPAGON.

Non , mais de discourir.
Et je veux d'un faquin réprimer l'insolence.

LAFLÈCHE.

Ai-je nommé quelqu'un ?

HARPAGON.

Je t'impose silence.
Si tu parles encor , je te rosserai bien.

LAFLÈCHE.

Bah ! qui se sent morveux , qu'il se mouche !

HARPAGON.

Vaurien ,
Te tairas-tu ?

LAFLÈCHE.

Monsieur , oui , mais sans nulle envie.

HARPAGON.

Ah ! ah !

LAFLÈCHE , *montrant à Harpagon une poche de son justaucorps.*

Cette autre poche est-elle plus fournie ?

HARPAGON.

Rends-moi, sans plus fouiller ; allons point de sursis.

LAFLÈCHE.

Quoi ?

HARPAGON.

Ce que tu m'as pris.

LAFLÈCHE.

Je ne vous ai rien pris.

HARGAGON.

Vraiment ?

LAFLÈCHE.

Vraiment.

HARPAGON.

Adieu ; va-t-en à tous les diables.

LAFLÈCHE.

Voila donc un congé, mais des plus agréables.

HARPAGON.

C'est sur ta conscience, au moins que je le mets.

SCÈNE IV.

HARPAGON, *seul.*

SANS contredit ce drôle est de tous les valets
Le plus insupportable. Oh ! je l'ai pris en haine.
Mais tant d'argent chez soi n'est pas petite peine ;
Qu'il est heureux celui qui trouve à tout placer
Excepté ce qu'au juste il faut pour dépenser !
Combien de vain projets fatiguent la cervelle
A l'effet de trouver une cache fidèle !
Jamais aux coffre forts je ne me veux fier ;
Ils sont par trop suspects et pour nous spolier,
D'abord on les attaque avec adresse et force ;
Il n'est pour les voleurs de plus puissante amorce.

SCÈNE IV.

HARPAGON, ÉLISE ET CLÉANTE, *parlant ensemble, et restant dans le fond du jardin.*

HARPAGON, *se croyant seul.*

Mais j'ai dans mon jardin enterré cet argent
Qu'on me rendit hier; n'était-ce pas urgent?
Cette précaution était utile en somme ;
Dix mille écus chez soi, certes c'est une somme
Assez considérable.

(*à part, apercevant Élise et Cléante.*)

O ciel! quel contre-temps!
Je me serai trahi par mes raisonnements ;
Oui, j'ai parlé trop haut. Qu'est-ce? *(à Cléante et à Élise.)*

CLÉANTE.

Mais rien mon père.

HARPAGON.

Depuis quand dites-moi, n'en faites pas mystère,
Etes-vous là tous deux ?

CLÉANTE.

Nous entrons seulement.

HARPAGON.

Vous avez entendu.... point de déguisement.

CLÉANTE.

Quoi, mon père ?

HARPAGON.

Là !

3

L'AVARE.

ÉLISE.

Quoi ?

HARPAGON.

Ce que j'ai dit naguère.

CLÉANTE.

Non, non.

HARPAGON.

Si fait, si fait.

ÉLISE.

Pardonnez-moi, mon père.

HARPAGON.

Vous en avez ouï sûrement quelques mots.
Ah ! c'était sur l'argent que roulaient mes propos.
Je disais qu'aujourd'hui ce métal est fort rare,
Qu'envers beaucoup de gens la fortune est avare,
Mais qu'elle aime parfois à faire des heureux ;
Ne l'est-il pas celui qui dit : J'ai sous les yeux
Dix mille écus en or dont je puis faire usage.

CLÉANTE.

Dans vos réflexions ç'aurait été dommage
De vous distraire, aussi feignions-nous d'aborder.

HARPAGON.

Je vous ai dit cela pour vous dissuader.
Peut-être auriez-vous cru que votre pauvre père
De cette grosse somme était propriétaire.

CLÉANTE.

Ah ! nous ne voulons point pénétrer....

HARPAGON.

Plût à Dieu
Que les dix mille écus fussent à moi, morbleu !

CLÉANTE.

Je ne crois pas....

HARPAGON.

Combien ce serait agréable !
Je ne me plaindrais pas d'un temps si misérable.

CLÉANTE.

Mon père, vous n'avez à vous plaindre de rien ;
Vous êtes, on le sait, pourvu d'assez de bien.

HARPAGON.

Comment assez de bien ? quel horrible mensonge !
Qui peut dire cela ? je voudrais, quand j'y songe,
Voir pendre les coquins qui font courir ce bruit.

CLÉANTE.

Soyez calme, ôtez donc cela de votre esprit.

HARPAGON.

Quoi ! mes propres enfants chercheraient à me nuire,
Seraient mes ennemis ; a-t-on rien vu de pire ?

CLÉANTE.

Pour avoir dit le vrai, dois-je être ainsi taxé ?

HARPAGON.

Oui, par de tels discours je me trouve vexé ;
Et je les vois unis à vos folles dépenses
Exprès pour me plonger dans de cruelles transes ;
Des malfaiteurs croyant que je suis cousu d'or,
Viendront un de ces jours, me donneront la mort.

CLÉANTE.

Quelle grande dépense est-ce que je fais?

HARPAGON.

Quelle?

Oser le demander! ô tête sans cervelle!
Toujours en équipage et des plus somptueux,
Vous vous faites traîner; quoi de plus scandaleux!
Je grondais votre sœur hier et d'importance;
Mais, c'est bien pis; voilà de quoi crier vengeance.
Des pieds jusqu'à la tête à vous prendre, mon fils,
Vous ne serez jamais homme de sens rassis;
Je ne le vois que trop, et je vous certifie
Que je ne puis me faire à votre train de vie;
Je vous l'ai dit cent fois, vous tranchez du marquis,
Et pour paraître enfin magnifique en habits,
Vous me volez sans doute.

CLÉANTE.

Eh! comment le pourrais-je?

HARPAGON.

Je ne sais, mais il faut que par quelque manège
Vous trouviez les moyens de vous entretenir
Dans cet état brillant et fait pour éblouir.

CLÉANTE.

Ma ressource est le jeu; j'y suis heureux, mon père;
Oui, j'ai presque toujours la fortune prospère;
Je gagne de l'argent et le mets tout sur moi.

HARPAGON.

Vous pourriez, ce me semble, en faire un autre emploi:
Mais à quoi l'employer, direz-vous? on le prête,
Afin d'en retirer un intérêt honnête.
Celui que vous gagnez vous profiterait bien;

Et vous en jouiriez un jour. Votre entretien
Vous coûte chaque année au moins deux cents pistoles ;
Aiguillettes, rubans, autres objets frivoles,
Perruques, en un mot, tout est dispendieux ;
Quelle nécessité de cacher vos cheveux ?
Placée au denier douze une somme pareille
Vous produirait beaucoup ; oh ! ce serait merveille.

CLÉANTE.

C'est fort juste.

HARPAGON.

Hé bien ! n'en disons plus le mot
(à part.)
Je crois qu'ils se font signe et forment le complot
De me voler ma bourse. *(haut.)* A quoi tendent ces gestes ?
(à part.)
Ah ! leur mauvais dessein sont par trop manifestes.

ÉLISE.

Nous marchandons tous deux à qui doit vous parler,
Nous avons un secret pénible à révéler.

HARPAGON.

Et moi-même à tous deux j'ai quelque chose à dire.

CLÉANTE.

Parler de mariage est ce que je désire ;
Ma sœur le veut aussi.

HARPAGON.

C'est le même motif
Qui m'y porte.

ÉLISE.

Grands dieux !

HARPAGON.

Pourquoi ce cri plaintif?
Avez-vous peur du mot ou de la chose, Élise?

CLÉANTE.

Le nœud du mariage assez souvent divise
Le père et les enfants; c'est ce qui nous fait peur;
Et quoique notre choix semble le précurseur
D'une félicité pure autant que durable,
Nous craignons qu'à vos yeux il ne soit condamnable.

HARPAGON.

Patience; il ne faut nullement s'alarmer;
J'entrevois pour tous deux des liens à former;
Vous n'aurez sûrement aucun lieu de vous plaindre;
Vous devez donc à moi vous fier sans rien craindre;
Commençons par un bout pour éclaircir ceci.
(à Cléante.)
Une jeune personne habite près d'ici;
Marianne est son nom; l'avez-vous aperçue?

CLÉANTE.

Oui, mon père.

HARPAGON, *à Élise.*

Et vous?

ÉLISE.

Moi, je ne l'ai jamais vue,
Mais on m'en a parlé.

HARPAGON.

Comment la trouvez-vous,
Mon fils?

CLÉANTE.

Fort attrayante.

HARPAGON.

Et son air?

CLÉANTE.

Des plus doux.

HARPAGON.

Sa physionomie?

CLÉANTE.

Ah! très-spirituelle.

HARPAGON.

Elle mériterait que l'on s'occupât d'elle,
N'est-ce pas?

CLÉANTE.

Oui, mon père.

HARPAGON.

Oh! l'excellent parti
Que ce serait!

CLÉANTE.

Sans doute.

HARPAGON.

En elle est réuni
Tout ce qu'il faut enfin pour faire un bon ménage.

CLÉANTE.

Sûrement.

HARGAGON.

Qui pourrait la prendre en mariage,
Serait sûr de jouir d'un solide bonheur.

CLÉANTE.

J'en conviens.

HARPAGON.

Néanmoins je vois avec douleur
Un obstacle puissant au succès de l'affaire ;
Je crains que cet objet avec le don de plaire
N'offre pas tout le bien que l'on peut désirer.

CLÉANTE.

Mon père, est-il besoin de le considérer,
Lorsqu'on doit épouser une personne sage ?

HARPAGON.

Certainement mon fils. Si pourtant j'envisage
Qu'on doit apprécier les qualités du cœur,
Qui sont pour un époux le garant du bonheur ;
Les plus beaux traits unis au meilleur caractère
Me prouvent que le bien n'est pas si nécessaire.

CLÉANTE.

Cela s'entend.

HARPAGON.

Enfin, me voilà satisfait ;
Vous avez à l'égard de cet aimable objet
Les mêmes sentiments ; ah ! j'en ferai ma femme ;
J'y suis tout résolu, tellement sur mon ame
Sa douceur, son maintien ont pris empire.

CLÉANTE.

Quoi ?

Vous voulez épouser ?

HARPAGON.

Marianne.

CLÉANTE.

Vous ?

HARPAGON.

Moi.

Oui, moi ; qu'a-t-on a dire ?

CLÉANTE , *à part.*

Ah ! cet aveu me tue ;

(haut.)
Soudain un voile épais vient d'éblouir ma vue ,
Je sors.

HARPAGON.

A la cuisine allez vîte , mon fils ,
Avec un verre d'eau revenir vos esprits.

SCÈNE VI.

HARPAGON , ÉLISE.

HARPAGON.

TELS sont ces damoiseaux à figure fluette ,
Montrant moins de vigueur qu'une jeune poulette.
Ma fille , tu connais ma résolution ;
Ne te permets au moins aucune objection.
Je pense également à marier ton frère
Avec certaine veuve ; et quant à toi, ma chère ,
C'est au seigneur Anselme , homme mûr et prudent
Que je te donne.

ÉLISE.

Anselme !

HARPAGON.

Oui, mon aimable enfant.
Cinquante ans tout au plus et de grandes richesses.

4

ÉLISE , *faisant la révérence.*

Tout-à-fait insensible à de telles largesses ,
Je suis loin de vouloir me marier.

HARPAGON , *contrefaisant Élise.*

Et moi
Ma fille, je prétends qu'Anselme ait votre foi ,
Et vous l'épouserez dès ce soir.

ÉLISE.

Non mon père ;
Non , dussé-je attirer sur moi votre colère ,
Cela ne sera pas.

HARPAGON.

Je vous y réduirai.

ÉLISE.

Vous le voudrez en vain, oui, car je me tûrai,
Plutôt que d'épouser monsieur Anselme.

HARPAGON.

Élise ,
On ne te verra pas faire cette sottise ;
Et tu l'épouseras. Qu'il faut être effronté
Pour parler de la sorte.

ÉLISE.

Et quelle cruauté
Que de forcer sa fille à devenir l'épouse
D'un homme âgé qui doit être d'humeur jalouse.

HARPAGON.

C'est un parti sortable ; et personne, je crois ,
Ne peut avec raison désapprouver mon choix.

ÉLISE.

Je suis d'un autre avis ; toute personne sage
Ne saurait approuver un pareil mariage.

HARPAGON.

Mais, Valère paraît ; veux-tu qu'entre nous deux
Nous lui fassions juger ce point litigieux ?

ÉLISE.

J'y consens.

HARPAGON.

Voudras-tu te rendre à la sentence
Qu'il aura prononcée ?

ÉLISE.

Oui, j'y souscris d'avance.

HARPAGON.

Ainsi c'est arrêté.

SCÈNE VII.

VALÈRE, HARPAGON, ÉLISE.

HARPAGON.

Valère, viens ici ;
Une affaire nous met l'un et l'autre en souci ;
Et nous t'avons élu pour dire avec franchise
Lequel dans ce débat, de ton maître et d'Élise
A raison.

VALÈRE.

Oh ! c'est vous, monsieur, sans contredit.

HARPAGON.

Tu ne sais pourtant pas ce qui nous désunit.

VALÈRE.

Je l'ignore; mais vous, étant la raison même ,
Sauriez-vous avoir tort?

HARPAGON.

De mon pouvoir suprême
Sur elle je voulais user pour son bonheur ;
Oui , je lui destinais un époux plein d'honneur,
Aussi riche que sage ; et pourtant la coquine
A me désobéir effrontément s'obstine.
Que dis-tu de cela ?

VALÈRE.

Ce que j'en dis , monsieur....

HARPAGON.

Oui.

VALÈRE.

Hé , hé !

HARPAGON.

Quoi ?

VALÈRE.

Je dis que votre serviteur
Pense au fond comme vous; et qu'il est impossible
Que vous n'ayez raison ; mais il parait plausible
Que votre fille aussi n'ait pas tout-à-fait tort.

HARPAGON.

Comment? crois-tu qu'elle ait à maudire son sort ,
Si du seigneur Anselme elle devient la femme ;
Ce brave gentilhomme avec une belle ame
Possède de grands biens ; il est doux et prudent

Et d'un premier hymen n'a plus aucun enfant.
Elle ne saurait pas mieux rencontrer.

VALÈRE.

Sans doute.
Mais quelquefois on prend une mauvaise route
Pour arriver au but que l'on s'est proposé ;
Précipiter la chose est d'un mal avisé ,
Dira peut-être Élise. Il serait nécessaire
De certain laps de temps pour voir si cette affaire
Sous le rapport de l'âge et des goûts et des mœurs
Pourrait lui convenir.

HARPAGON.

Il est des épouseurs
Qu'on doit vîte agréer , surtout quand la richesse
Chez eux se trouve unie à la délicatesse ;
Anselme est de ce nombre ; il est si généreux
Qu'à la prendre sans dot il s'engage.

VALÈRE.

Grands dieux !
Sans dot !

HARPAGON.

Oui.

VALÈRE.

Je me tais. O raison convaincante !
Il faut se rendre à toi.

HARPAGON.

L'épargne est importante.

VALÈRE.

On ne sait à cela , ma foi , rien objecter ;
Votre fille, il est vrai, vous peut représenter
Qu'avant de terminer une si grande affaire ,

Réfléchir maintes fois est plus que nécessaire.
Certes le mariage est un engagement
Que l'on ne doit jamais traiter légèrement ;
La mort seule dissout cet acte qui nous lie
Et qui fait rarement le bonheur de la vie.

HARPAGON.

Sans dot !

VALÈRE.

Je sens, monsieur, que vous avez raison,
Cela décide tout. En cette occasion,
Bien des gens toutefois voudraient vous faire entendre
Qu'à vos vœux votre fille aura peine à se rendre ;
Son inclination mérite des égards ;
Si l'on veut la forcer, on courra des hasards,
Et l'inégalité de caractère et d'âge
A des cas très-fâcheux expose un mariage.

HARPAGON.

Sans dot !

VALÈRE.

C'est sans réplique, on ne l'ignore pas ;
Et que diantre aurait-on à dire en pareil cas ?
Ce n'est pas qu'on ne trouve un grand nombre de pères
Qui, loin de partager vos principes sévères,
De leurs filles toujours avec attention
Cherchent à ménager la satisfaction,
Beaucoup plus que l'argent qu'au cas de mariage
Ils pourraient leur donner, chacun d'eux envisage
Le funeste avenir qu'il leur préparerait,
En les sacrifiant au sordide intérêt ;
Et ces rapports si doux qui maintiennent sans cesse
Entre époux le bonheur, la paix et l'alégresse.

HARPAGON.

Sans dot !

VALÈRE.

Il faut vraiment se taire après cela.
Sans dot! résiste-t-on à cette raison là !

HARPAGON, *à part, en regardant du côté du jardin.*

Mais! quelque chien aboie; il m'a frappé l'ouie,
On me croit de l'argent et l'on me porte envie.
Peut-être des voleurs.... *(à Valère.)* Ne bougez pas d'ici,
Je reviens à l'instant.

SCÈNE VIII.

ÉLISE , VALÈRE.

ÉLISE.

　　　Quoi! lui parler ainsi !
Vous moquez-vous, Valère?

VALÈRE.

　　　　Il le faut bien , Élise.
C'est pour ne point l'aigrir que j'use de feintise.
Loin de heurter de front des naturels rétifs ,
On doit avoir recours à certains lénitifs ;
L'homme qui sait biaiser parvient à les réduire
Et les force d'agir tout comme il le désire.
Aux volontés d'un père ayez l'air d'obéir,
C'est par là qu'à vos fins vous pourrez parvenir.
Et....

ÉLISE.

Mais ce mariage.

VALÈRE.

　　　　On aura, je l'espère,
Des moyens pour le rompre.

ÉLISE.

Ah ! j'en doute, Valère.
Quel biais trouvera-t-on, si l'on doit dès ce soir
Le conclure ?

VALÈRE.

Plus d'un. Ne perdez pas espoir.
Demandez un délai ; feignez d'être malade.

ÉLISE.

Valère, il n'est pas dit que je le persuade
Et surtout à mon père, homme des plus malins ;
Il fera sûrement venir les médecins ;
Au même instant voilà la feinte découverte.

VALÈRE.

Eh ! qu'y connaissent-ils ? mais leur bouche diserte
S'épuisera sans doute en longs raisonnements
A l'effet de prouver que tels médicaments
A votre guérison leur semblent applicables ;
Quand vous supposeriez des maux même incurables,
Nous savons, diraient-ils, d'où cela peut venir
Et nous nous faisons fort de bientôt vous guérir.

SCÈNE IX.

HARPAGON, ÉLISE, VALÈRE.

HARPAGON, *à part, dans le fond du théâtre.*

Ce n'est rien, dieu merci.

VALÈRE, *sans voir Harpagon.*

Cependant, chère Élise,
Si la tendre amitié que vous m'avez promise

Vous tient toujours au cœur, vous fuirez avec moi ;
Votre position vous en fait une loi ;
C'est notre seul recours ; nous ne saurions mieux faire ;
  (Appercevant Harpagon.)
Mais il faut qu'une fille obéisse à son père,
Et ne regarde pas comme un époux est fait.
La raison de sans dot est bien grande ; en effet,
Tout homme qui l'avance a l'ame généreuse
Et veut certainement rendre sa femme heureuse ;
Un père, en pareil cas, doit condescendre.

HARPAGON.

                                        Bon !
C'est bien parler cela.

VALÈRE.

              C'est vous, monsieur, pardon ;
Je suis allé trop loin ; et tant de hardiesse
Ne me sied pas.

HARPAGON.

              Comment ! mon ame est dans l'ivresse.
Prends, je le veux, sur elle un pouvoir absolu.
  (à Élise.)
A lui céder mes droits je suis tout résolu ;
Et je prétends enfin que tu lui sois soumise.

VALÈRE.

Est-ce qu'après cela vous oserez, Élise,
Résister aux avis que je vous donnerai ?

SCÈNE X.

HARPAGON, VALÈRE.

VALÈRE.

Monsieur, je vais la suivre et lui continuerai
Les leçons qu'il semblait à propos de lui faire.

HARPAGON.

Oui, je t'en saurai gré.

VALÈRE.

Je crois fort nécessaire
De la tenir en bride.

HARPAGON.

Oh! c'est la vérité;
Il faut....

VALÈRE.

Ne craignez rien; soit dit sans vanité,
Je compte parvenir à la rendre docile.

HARPAGON.

Agis donc; je vais faire un petit tour en ville,
Et reviens sur l'heure.

VALÈRE, *adressant la parole à Élise, en s'en allant du côté par où elle est sortie.*

Oui, l'argent est précieux,
Nulle chose ici bas ne l'est tant à mes yeux;
Vous avez un bon père; au ciel rendez-en grace;
Oui, pour votre bonheur il n'est rien qu'il ne fasse.
Lorsqu'on s'offre de prendre une fille sans dot,

Cela renferme tout ; et je crois, en un mot ;
Que le sans dot tient lieu de beauté, de jeunesse,
De naissance, d'honneur, de vertu, de sagesse.

HARPAGON.

Ah ! le brave garçon ! que son esprit me plait !
Heureux qui peut avoir un semblable valet.

FIN DU PREMIER ACTE.

ACTE SECOND.

SCÈNE PREMIÈRE.

CLÉANTE, LAFLÈCHE.

CLÉANTE.

Où donc t'es-tu fourré ? qu'es-tu devenu, traître ?
Voilà comme tu suis les ordres de ton maître !

LAFLÈCHE.

Pour vous attendre, ici, monsieur, j'étais venu ;
Mais on m'a mis dehors et peu s'en est fallu
Qu'on ne m'ait d'un bâton fait sentir la rudesse ;
Votre père, en un mot, m'a joué cette pièce ;
Vous savez à quel point il est mal gracieux.

CLÉANTE.

Comment va notre affaire ? ah ! je serais joyeux
D'en savoir le succès, tellement cela presse.
Depuis que je t'ai vu, bien grande est ma détresse
Mon père est mon rival, oui, je l'ai découvert.

LAFLÈCHE.

Votre père, amoureux !

CLÉANTE.

Oui ; combien j'ai souffert

Lorsqu'instruit du projet qui traverse ma flamme,
J'ai voulu lui cacher le trouble de mon ame !

LAFLÈCHE.

Lui, vouloir témoigner de tendres sentiments !
Des hommes ainsi faits peuvent-ils être amants ?
Lui, se mêler d'aimer ! du monde c'est se rire.

CLÉANTE.

Ah ! cette passion, preuve de son délire,
A pris pour mes péchés racine dans son cœur.

LAFLÈCHE.

Mais par quelle raison lui cacher votre ardeur ?

CLÉANTE.

De mon amour, Laflèche, en lui faisant mystère,
Je prétends affaiblir le soupçon de mon père ;
Et je compte d'avoir plus de facilité
A mettre empêchement au lien projetté.
Que t'a-t-on répondu ?

LAFLÈCHE.

Monsieur, c'est difficile
De trouver au besoin quelque prêteur docile.
Que je plains l'emprunteur, tout comme vous, morbleu
Forcé d'avoir recours à des fesse-mathieu.

CLÉANTE.

Je dois donc perdre espoir que l'affaire se fasse.

LAFLÈCHE.

Pardonnez-moi, monsieur, par votre bonne grace
Vous avez su gagner notre Maître-Simon ;
C'est le zélé courtier dont on nous a fait don,
Il est fort agissant ; pour vous il a fait rage ;
J'en ai la certitude.

CLÉANTE.

Ah ! je reprends courage.
On me prêtera donc les quinze mille francs
Dont j'ai fait la demande.

LAFLÈCHE.

Oui , mais je vous apprends
Que si votre dessein est de finir la chose ,
Il faudra trouver bon tout ce que vous impose
Le prêteur.

CLÉANTE.

Avec lui n'as-tu pu t'aboucher ?

LAFLÈCHE.

Croyez-vous que cela doive ainsi s'emmancher ;
Il se cache avec soin encor plus que vous-même ,
Et met dans cette affaire une prudence extrême;
Tout est mystérieux , on tait même son nom ;.
Et l'on doit aujourd'hui dans certaine maison
L'aboucher avec vous; là vous pourrez l'instruire
De vos biens et parents , ainsi qu'il le désire.
Le nom de votre père est , ma foi , suffisant
Pour donner à la chose un tour satisfaisant.

CLÉANTE.

Et moi , je dis surtout le décès de ma mère ;
Son bien m'est dévolu; l'on n'en peut rien distraire.

LAFLÈCHE.

Il a dicté lui-même à notre entremetteur
Les articles divers dont voici la teneur ;
Il est pour vous, dit-il , d'une grande importance ,
Avant de rien finir , d'en prendre connaissance.
Je vais donc vous les lire , ou par vos propres yeux
Voyez.

CLÉANTE.

Lis :

LAFLÈCHE.

« Supposé que le prêteur voie toutes les sûretés et que
« l'emprunteur soit majeur et d'une famille ou le bien soit
« ample, solide, assuré, clair et net de tout embarras, on
« fera une bonne et exacte obligation par devant un no-
« taire, le plus honnête homme qu'il se pourra et qui pour
« cet effet sera choisi par le prêteur auquel il importe le
« plus que l'acte soit duement dressé. »

CLÉANTE.

Jusqu'ici cela va tout au mieux.

LAFLÈCHE.

« Le prêteur, pour ne charger sa conscience d'aucun
« scrupule, prétend ne donner son argent qu'au denier
« dix-huit. »

CLÉANTE.

L'intérêt est honnête ; on n'a pas à se plaindre.

LAFLÈCHE.

Il est vrai ; plût à dieu qu'on voulût s'y restreindre.
« Mais comme le dit prêteur n'a pas chez lui la somme
« dont il est question, et que pour faire plaisir à l'emprun-
« teur, il est contraint lui-même de l'emprunter d'un autre
« sur le pied du denier cinq ; il conviendra que le dit pre-
« mier emprunteur paie cet intérêt sans préjudice du reste,
« attendu que ce n'est que pour l'obliger que le dit prêteur
« s'engage à cet emprunt. »

CLÉANTE.

Comment diable ! quel juif ! quel arabe est-ce là !
C'est plus qu'au denier quatre.

LAFLÈCHE.

Oh ! j'ai bien dit cela.
Mais vous avez à voir.

CLÉANTE.

Que veux-tu que je voie.
Pour avoir de l'argent je n'ai pas d'autre voie ;
A tout ce qu'on désire il faut bien consentir.

LAFLÈCHE.

Je n'ai pas cru devoir autrement repartir.

CLÉANTE.

Est-ce que l'on exige encore quelque chose ?

LAFLÈCHE.

Oui, monsieur, ce n'est plus qu'une petite clause.
« De quinze mille francs qu'on demande, le prêteur ne
« pourra compter en argent que douze mille livres, et pour
« les mille écus restants, il faudra que l'emprunteur prenne
« les hardes, nippes et bijoux dont s'ensuit le mémoire, et
« que le dit prêteur a mis de bonne foi au plus modique
« prix qu'il lui a été possible. »

CLÉANTE.

A quoi cela tend-il ?

LAFLÈCHE.

Le mémoire s'ensuit ;
Ecoutez-le, monsieur.
« Premièrement, un lit de quatre pieds à bandes de points
« de hongrie, appliquées fort proprement sur un drap de
« couleur d'olive, avec six chaises et la courte pointe de
« même, le tout bien conditionné et doublé d'un petit taffe-
« tas changeant rouge et bleu.

« Plus, un pavillon à queue, d'une bonne serge d'Au-
« male rose sèche, avec le mollet et les franges de soie. »

CLÉANTE.

Je serai donc réduit
A prendre des objets hors de ma convenance.

LAFLÈCHE.

Attendez.
« Plus, une tenture de tapisserie des amours de Gom-
« baud et de Macé. »
« Plus, une grande table de bois de noyer à douze co-
« lonnes ou piliers tournés, qui se tire par les deux bouts
« et garnie par le dessous de ses six escabelles. »

CLÉANTE.

C'en est trop.

LAFLÈCHE.

Donnez-vous patience.
« Plus, trois gros mousquets tout garnis de nacre de
« perle, avec les trois fourchettes assortissantes.
« Plus, un fourneau de briques avec deux cornues et
« trois récipients fort utiles à ceux qui sont curieux de dis-
« tiller. »

CLÉANTE.

J'enrage.

LAFLÈCHE.

Doucement.
« Plus, un luth de Bologne, garni de toutes ses cordes,
« ou peu s'en faut.
« Plus, un trou madame, et un damier avec un jeu de
« l'oie, renouvelé des grecs, fort propre à passer le temps
« lorsque l'on n'a que faire.
« Plus, une peau de lézard de trois pieds et demi, rem-

6

« plie de foin ; curiosité agréable pour pendre au plancher
« d'une chambre.
   « Le tout ci-dessus mentionné, valant loyalement plus
« de quatre mille cinq cents livres, et rabaissé à la valeur
« de mille écus, par la discrétion du prêteur. »

CLÉANTE.

Belle discrétion !
Le traître ! le bourreau ! quelle prétention ?
Que la peste l'étouffe, oui, qu'il s'en aille au diable !
A-t-on jamais parlé d'une usure semblable ?
Du plus gros intérêt que l'on puisse exiger,
Il n'est donc pas content, puisqu'il veut m'obliger
A prendre à mille écus toute la vieillerie
Qu'il ramasse avec soin ; et cette friperie
Ne me produira pas à coup sûr, six cents francs.
Avalons le morceau, mes besoins sont si grands
Qu'ils me le rendent doux comme du sucre d'orge ;
Eh ! ne me tient-on pas le poignard sur la gorge !

LAFLÈCHE.

Ah ! je vous vois, monsieur, dans un fort grand chemin ;
C'est celui que jadis un malheureux destin
A Panurge faisait tenir pour sa ruine.
Quel dangereux penchant ! quelle folle doctrine !
Prenant argent d'avance, achetant tout bien cher,
Vendant à bon marché, mangeant ses blés en verd.

CLÉANTE.

Que veux-tu que j'y fasse ? il faut s'en prendre aux pères ;
Leur maudite avarice et leurs règles sévères
Poussent les jeunes gens à ces extrémités ;
Et l'on s'étonne après que leurs fils soient portés
A désirer leur mort.

LAFLÈCHE.

Contre sa vilenie

Le vôtre animerait, personne ne le nie,
L'homme le plus posé qu'on puisse rencontrer.
Mes inclinations, j'ose vous l'assurer,
Sont fort loin, dieu merci, d'être patibulaires ;
Et je puis me flatter que parmi mes confrères
Qui de certains trafics se mêlent tant soit peu,
Je sais fort bien tirer mon épingle du jeu ;
De toute intrigue aussi qui peut sentir l'échelle,
Assez adroitement toujours je me démêle ;
Mais par ses procédés, je crois qu'en vérité
De le voler un jour je puis être tenté ;
Et cet acte à mes yeux semblerait méritoire.

CLÉANTE.

Je désire de voir encore ce mémoire ;
Donne-le.

SCÈNE II.

HARPAGON, MAITRE-SIMON, CLÉANTE et LAFLÈCHE
dans le fond du théâtre.

MAÎTRE-SIMON.

C'EST, monsieur, un jeune homme bien né,
Par le besoin d'argent fortement talonné ;
Et je suis assuré qu'il est prêt à souscrire
A ce que vous voudrez par acte lui prescrire ?

HARPAGON.

Mais n'entrevoyez-vous aucun risque pour moi ?
Dites, Maître-Simon, soyez de bonne foi.
De ce jeune homme enfin dont vous traitez l'affaire,

Noms et famille et bien seraient-ils un mystère ?
Et jusques à présent n'en savez-vous rien ?

MAÎTRE-SIMON.

> Non.

Aussi ne puis-je pas vous en instruire à fond.
Au reste auprès de lui mandé par aventure,
Je le connais fort peu, mais j'en ai bon augure,
Lui-même de tout point pourra vous éclaircir ;
Son homme a toutefois voulu me garantir
Que vous serez content, venant à le connaître ;
Sa famille possède au delà du bien-être ;
Dès cette heure, orphelin, il vous assurera,
S'il le faut, que son père avant huit mois mourra.
Je ne saurais, monsieur, vous dire davantage.

HARPAGON.

Cela, Maître-Simon, offre quelque avantage ;
La charité prescrit d'obliger les humains,
Quand la facilité s'en trouve dans nos mains.

MAÎTRE-SIMON.

Certes, je le conçois.

LAFLÈCHE, bas à Cléante, reconnaissant Maître-Simon.

> Mais quel est ce mystère ?
Notre Maître-Simon qui parle à votre père !

CLÉANTE, bas à Laflèche.

Saurait-il qui je suis, et m'aurais-tu trahi ?

MAÎTRE-SIMON, à Cléante et à Laflèche.

Vous êtes bien pressés ; qui vous a dit qu'ici ?.....
  (à Harpagon.)
Ah ! croyez-le, monsieur, je veux mourir sur l'heure,
Si j'ai dit votre nom, et de votre demeure
Donné le moindre indice ; ils l'ignorent tous deux ;

Je ne vois en cela pourtant rien de fâcheux ;
D'ailleurs ce sont des gens fort discrets, ce me semble,
Et vous pouvez ici vous expliquer ensemble.

HARPAGON.

Comment ?

MAÎTRE-SIMON, *montrant Cléante.*

C'est à monsieur que vous devez prêter
Les quinze mille francs qu'il désire emprunter.

HARPAGON.

Comment, pendard ! c'est toi qui te rends si blâmable
En te livrant sans honte à cet excès coupable !

CLÉANTE.

Quoi ! mon père, c'est vous qui ne rougissez pas
D'avoir des sentiments aussi peu délicats.

(Maître-Simon s'enfuit, et Laflèche va se cacher.)

SCÈNE III.

HARPAGON, CLÉANTE.

HARPAGON.

C'EST toi, mauvais sujet, qui cours à ta ruine
Par d'onéreux emprunts traités à la sourdine.

CLÉANTE.

C'est vous qui professez un infâme métier ;
Oui, pour vous enrichir vous êtes usurier.

HARPAGON.

Oses-tu bien paraître, après cette inconduite ?

CLÉANTE.

Osez-vous bien, après ce trafic illicite,
Vous montrer quelque part?

HARPAGON.

                          Et tu n'es pas honteux
De ce libertinage, effréné, scandaleux,
Qui t'entraîne sans cesse à de folles dépenses.
Comment y subvenir sans des sommes immenses?
Tu dissipes le bien qu'à force de sueurs
Tes parents ont acquis; s'ils en sont possesseurs,
C'est pour te conserver un honnête héritage;
Tu pourrais, après eux, en faire un bon usage.

CLÉANTE.

Vous sied-il de gronder, tandis que sans pudeur
Vous travaillez toujours à votre déshonneur;
De gloire et de renom faisant le sacrifice,
Porté de plus en plus par excès d'avarice,
A n'aimer que l'argent qui pour vous est un dieu!
Et vous enchérissez sur tout fesse-mathieu,
En exerçant l'usure.

HARPAGON.

                    Ote-toi de ma vue;
Retire-toi, coquin, ta présence me tue.

CLÉANTE.

Lequel à votre avis est le plus criminel?
Allons, réfléchissez et jugez sans appel.
Est-ce bien l'acheteur d'un argent nécessaire,
Ou celui qui le vole et qui n'en a que faire?

HARPAGON.

Fuis pour te dérober à mon ressentiment.

(seul.)

Je ne suis pas fâché de cet événement ;
Et ce m'est un avis qui n'est pas sans mérite ;
Je vais plus que jamais veiller sur sa conduite.

∞∞∞∞∞∞∞∞∞∞∞∞∞∞∞∞∞∞∞∞∞∞∞∞∞∞∞∞∞∞

SCÈNE IV.

FROSINE, HARPAGON.

FROSINE.

MONSIEUR.

HARPAGON.

Attendez-moi ; dans un petit moment
Je reviens vous parler. *(à part.)* Allons voir mon argent ;
Ce n'est qu'à son aspect que j'ai l'ame contente.

∞∞∞∞∞∞∞∞∞∞∞∞∞∞∞∞∞∞∞∞∞∞∞∞∞∞∞∞∞∞

SCÈNE V.

LAFLÈCHE, FROSINE.

LAFLÈCHE, *sans voir Frosine.*

Ma foi, cette aventure est tout-à-fait plaisante ;
Il faut que quelque part, cela paraît certain,
De hardes il ait fait un ample magasin,
Au mémoire qu'on a rien n'est reconnaissable.

FROSINE.

Hé ! Laflèche, c'est toi ? d'où vient, mon pauvre diable,
Cette rencontre ?

LAFLÈCHE.

Ah! ah! Frosine, te voilà!
Que viens-tu faire ici?

FROSINE.

Ce que par ci, par là,
D'ordinaire je fais; je suis officieuse,
D'affaires en tout genre habile entremetteuse,
Je tâche d'obliger les hommes opulents,
Et mets tant que je peux à profit mes talents;
Tu sais que dans ce monde il faut vivre d'adresse,
Et qu'aux gens comme moi le ciel n'a pour richesse,
Départi que l'intrigue et la subtilité.

LAFLÈCHE.

A-t-on besoin ici de ta dextérité?
As-tu pour le patron entâmé quelque affaire?

FROSINE.

Oui, pour lui j'en traite une; au succès que j'espère,
Il aura du plaisir à me récompenser.

LAFLÈCHE.

Lui? ça parait douteux; si tu peux l'y forcer,
Tu te signaleras, ma foi, par tes finesses;
Et je te donne avis que céans, aux espèces
On tient beaucoup.

FROSINE.

Parmi les services qu'on rend
Il en est quelquefois qui touchent vivement.

LAFLÈCHE.

Je suis votre valet; malgré ta prévoyance,
Du Seigneur Harpagon tu n'as pas connaissance;
Des humains, je t'assure, il est le moins humain;

C'est un mortel si dur qu'il a le cœur d'airain ;
Quand même à l'obliger on mettrait son étude ,
Il n'en témoignerait aucune gratitude.
Aimez-vous la louange ? il vous en comblera ;
Voulez-vous son estime ? il vous l'accordera ;
Par ses propos mielleux il séduit, émerveille ;
Mais s'il s'agit d'argent, il fait la sourde oreille.
Caresses et faveurs qui viennent de sa part,
A coup sûr valent moins que celles d'un renard ;
Et donner est un mot qu'il a surtout en haine :
A le dire il aurait une si grande peine
Que jamais il ne fait que prêter le bonjour.

FROSINE.

Mon Dieu ! comme aux humains je sais faire la cour ;
Je parviens à les traire , à m'ouvrir leur tendresse ,
A chatouiller leurs cœurs, j'ai même assez d'adresse
Pour trouver les endroits d'un plus facile accès.

LAFLÈCHE.

Bagatelles ici ! peut-on avec succès
Du côté de l'argent attaquer un tel homme ?
Ah ! si tu l'attendris je te donne la pomme.
Non , il n'est pas un turc aussi turc qu'Harpagon ;
Jamais de l'infortune il n'a compassion ;
Il vous verrait crever avec indifférence ;
Et l'argent dans son cœur obtient la préférence
Sur réputation , sur honneur et vertu.
Qu'un demandeur paraisse , Harpagon abattu ,
Tombe en convulsion , éprouve un mal horrible ;
C'est le percer au cœur par son endroit sensible ;
Et si... mais il revient, je sors.

●●●●●●●●●●●●●●●●●●●●●●●●●●●●●●●●●●●●

SCÈNE VI.

HARPAGON , FROSINE.

HARPAGON , *bas*.

Tout est au mieux.

(haut.)
Hé bien , qu'est-ce Frosine ?

FROSINE.

Oh ! quel front radieux !
Que vous vous portez bien ; quel visage agréable !

HARPAGON.

Qui , moi ?

FROSINE.

Jamais, monsieur , la chose est véritable ,
Je ne vous vis un teint si frais et si gaillard.

HARPAGON.

Tout de bon ?

FROSINE.

Sûrement ; je vous le dis sans fard ;
Vous ne m'avez paru si jeune de la vie.
Des gens de vingt-cinq ans , ont , je le certifie ,
L'air plus âgé que vous.

HARPAGON.

J'en ai pourtant déjà
Soixante bien comptés.

FROSINE.

Qu'est-ce donc que cela ?

Soixante ans, c'est, monsieur, le printemps de votre âge ;
L'homme à cette saison, de tout tire avantage.

HARPAGON.

Oui, mais vingt ans de moins ne feraient point de mal.

FROSINE.

Vous moquez-vous, monsieur, est-ce un point capital ?
Vous êtes d'une pâte à vivre cent années.

HARPAGON.

Tu le crois ?

FROSINE.

Sans mentir, ce sont vos destinées.
Tout dénote chez vous que vous deviendrez vieux.
Tenez, oui, c'est cela : je vois entre vos yeux
L'indice le plus sûr d'un homme très-vivace.

HARPAGON.

Tu t'y connais ?

FROSINE.

Sans doute, ailleurs mieux qu'à la face.
Montrez-moi votre main, quelle longévité,
La ligne que voilà démontre avec clarté !

HARPAGON.

Comment ?

FROSINE.

Remarquez donc jusqu'où va cette ligne.

HARPAGON.

Eh bien, explique-moi ce que cela désigne.

FROSINE.

Par ma foi, tout d'abord j'ai dit un siècle entier ;
De passer six vingt ans vous pouvez parier.

HARPAGON.

Est-il possible?

FROSINE.

Oh! oui, cela tient du prodige.
Il faudra, mais fort tard vous assommer, vous dis-je,
Et vous enterrerez enfants, petits-enfants.

HARPAGON.

Tant mieux, et notre affaire.

FROSINE.

Est-ce que mes talents,
Ne vous sont pas connus? inutile demande,
J'exécute à souhait tout ce qu'on me commande;
Mariages surtout traités habilement
Ont grâces à mes soins leur accomplissement.
Il n'est pas de parti que bientôt je n'accouple,
Je suis femme d'intrigue, or, j'ai l'esprit très-souple;
Et si je l'avais mis, je crois, sous mon bonnet,
Avec Venise encor je martrais Achmet.
Votre affaire à traiter n'est pas si difficile;
M'ayant de leur logis rendu l'accès facile,
Je les vois quelquefois; de vous à toutes deux.
J'ai fait, je vous l'assure, un éloge pompeux;
La mère seule, ensuite a su par mon organe
A quel point vous touchait l'aspect de Marianne,
Votre dessein pour elle est tout-à-fait connu.

HARPAGON.

Frosine, dis-moi donc ce qu'on t'a répondu.

FROSINE.

A votre volonté personne ne résiste.
Vous voulez, on le sait, que Marianne assiste
A la noce d'Élise; elle en a l'agrément;

Confiée à mes soins pour cet heureux moment ,
Elle viendra chez vous.

HARPAGON.

Ma foi , c'est admirable.
Mais au Seigneur Anselme il m'est indispensable
De donner à souper ; et je serai joyeux
Qu'elle soit du régal.

FROSINE.

C'est raisonner au mieux.
D'abord à votre fille elle rendra visite
Dans cette après-diner ; elle ira faire ensuite
Un tour de promenade à la foire et de là
Reviendra volontiers assister au gala.

HARPAGON.

Hé bien ! dans mon carrosse elles iront ensemble ,
Je le leur prêterai.

FROSINE.

Voilà bien , ce me semble
Ce qu'il lui faut.

HARPAGON.

Frosine, est-ce que sur la dot
Qu'on lui doit assurer tu n'as pas dit un mot ?
Eh ! ne devais-tu pas dans cette grande affaire ,
Sur ses intentions interpeller la mère ?
Et lui dire : à cela voici le seul milieu ,
Il faut faire un effort et vous saigner un peu ;
Car on veut après tout que celle qu'on épouse
Apporte quelque chose.

FROSINE.

Oui , si je ne me blouse ,
Ses rentes iront bien à douze mille francs.

HARPAGON.

Douze mille, dis-tu.

FROSINE.

J'en connais les garants.
Dans une grande épargne élevée et nourrie,
Marianne d'abord est de petite vie;
Des végétaux, du lait, du fromage et du fruit,
A sa sobriété voilà ce qui suffit.
Partant, il ne faudra, ni table bien servie,
Ni consommés exquis qu'on fait au bain-marie,
Ni même orges mondés, ni bonbons, ni sorbets,
Douceurs qu'une autre femme aimerait à l'excès;
A mille écus par an cela va chaque année.
Dans ses habillements jamais désordonnée,
Contente d'être mise avec simplicité,
Elle ne veut briller que par sa propreté;
Elle n'a pas les goûts des autres demoiselles
Et ne fait aucun cas des bijoux, des dentelles,
Des superbes habits, des meubles somptueux,
De tout ce que le sexe aime plus que ses yeux;
Et sans exagérer, ces articles frivoles
Montent encor par an à quatre cents pistoles;
Ajoutez à cela qu'elle abhorre le jeu;
Des femmes sans ce goût! on en trouverait peu;
A suivre les tripots j'en sais une obstinée;
On m'a dit qu'elle avait perdu dans une année
Vingt mille francs au moins à des jeux de hasard;
Mais si vous le voulez, n'en mettons que le quart:
Cinq mille francs au jeu, quatre mille en parure,
Font neuf mille, qui joints à trois pour nourriture
Forment un revenu de douze mille francs.

HARPAGON.

Oui; cela n'est pas mal, mais point d'écus sonnants,
Malgré ce beau calcul, ne s'offrent à ma vue.

FROSINE.

Vous n'appréciez pas sa modeste tenue ;
Vous ne comptez pour rien qu'elle vit sobrement
Et qu'elle a pour le jeu beaucoup d'éloignement.

HARPAGON.

Tu m'établis sa dot, et de quelle manière ?
Des dépenses, morbleu, qu'elle ne doit pas faire ;
C'est une raillerie. Irai-je quittancer
Des sommes qu'en mes mains je n'aurai vu verser.
Il me faut bien toucher quelque chose, Frosine.

FROSINE.

Vous toucherez assez, ne criez pas famine.
Dans un pays lointain dont elles m'ont parlé,
Elles ont quelque bien ; il sera stipulé
Qu'en qualité d'époux vous en serez le maître.

HARPAGON.

Il faudra voir cela ; mais Frosine, peut-être
La chose n'ira pas au gré de mes désirs ;
Et j'en éprouverai de mortels déplaisirs.
La demoiselle est jeune ; oh ! jamais la jeunesse
Ne va des gens âgés rechercher la tendresse,
Elle aime ses égaux, ne se plait qu'avec eux ;
Pour être de son goût j'ai peur d'être trop vieux,
Et que cela chez moi sous peu de temps n'opère
Certains désagréments qui ne me plairaient guère.

FROSINE.

Vous la connaissez mal ; sur ses affections
Il faut donc vous donner certaines notions ;
L'aspect des jeunes gens ne fait rien sur son ame ;
C'est celui des vieillards qui la séduit, l'enflamme.

HARPAGON.

Comment ?

FROSINE.

Oui, là-dessus je désirerais bien
Que vous eussiez ensemble un petit entretien.
Un jeune homme à ses yeux parait insupportable ;
Elle trouve au contraire un vieillard fort aimable
Quand sa barbe surtout le rend majestueux.
Le plus charmant pour elle est toujours le plus vieux.
De vos ans, croyez-moi, ne faites pas mystère ;
Elle veut que l'on soit au moins sexagénaire.
Tenez ; il s'est passé quatre mois seulement
Depuis qu'à s'établir avantageusement
Elle se disposait ; soudain le mariage
Se rompt, vù que l'amant, loin de céler son âge,
Déclare n'avoir plus de cinquante-six ans ;
Et pour prouver qu'il a l'usage de ses sens,
Veut signer le contrat sans prendre de lunettes

HARPAGON.

Sur cela seulement ?

FROSINE.

Oui.

HARPAGON.

Ce sont des sornettes.

FROSINE.

Non. Cinquante-six ans ne la contentent pas.
Nez à lunettes sont pour elle pleins d'appas.

HARPAGON.

Certes, tu m'entretiens d'une chose nouvelle.

FROSINE.

Ne prenez pas cela pour une bagatelle,
Les choses vont plus loin que vous n'imaginez.

De sa chambre les murs sont assez bien ornés ;
On y voit des tableaux, des dessins, des gravures ;
Peut-être croirez-vous y trouver les figures
Du superbe Apollon, de l'époux de Procris,
Du ravisseur d'Hélène et du bel Adonis ;
Vous vous trompez ; ce sont des portraits admirables
D'intéressants vieillards à têtes vénérables,
Tels que le roi Priam et Saturne et Nestor
Et le bon père Anchise, échappant à la mort
Sur l'épaule d'un fils respectueux et tendre.

HARPAGON.

Ce récit admirable a lieu de me surprendre ;
La voir de cette humeur me cause un vif plaisir ;
Je n'aurais en effet eu le moindre désir
De plaire aux jeunes gens si j'avais été femme.

FROSINE.

Vous avez bien raison ; et je crois, sur mon ame,
Qu'une fille ne peut aimer ces damoiseaux ;
Voilà de beaux morveux, de beaux godelureaux,
Pour que de leur personne on ait la moindre envie ;
Quel ragoût trouve-t-on à leur mine affadie ?

HARPAGON.

Un fort triste sans doute ; et je ne sais comment
Les femmes ont pour eux un tendre attachement.

FROSINE.

Une folle fieffée en est seule capable ;
Fréquenter la jeunesse et la trouver aimable
Est-ce avoir le sens droit ? et de jeunes blondins,
De petits freluquets, d'effrontés muscadins
Sont-ils hommes ? allons, des gens de cette espèce
Du sexe peuvent-ils s'attirer la tendresse ?

HARPAGON.

Je le dis tous les jours ; avec leur ton mielleux,

8

Leurs perruques d'étoupe en place de cheveux,
Trois brins de poils follets, leur donnant l'air bravache,
Comme barbe de chats, relevés en moustache,
Haut de chausses tombant, estomac débraillé!

FROSINE.

Ma foi, leur ridicule est au mieux détaillé.
Des gens ainsi bâtis vous sont-ils comparables?
Un homme, le voilà; je dis des plus aimables
Qui fait plaisir à l'œil aussitôt qu'il paraît;
Pour donner de l'amour il faut être ainsi fait.

HARPAGON.

Tu me trouves donc bien?

FROSINE.

                    A ravir, je vous jure;
A peindre où verrait-on de pareille figure?
Tournez-vous, s'il vous plaît; il ne se peut pas mieux....
Marchez, que votre corps se déploie à mes yeux;
Qu'il est droit, dégagé! comme il a bonne grâce!
Nulle incommodité, certes, ne l'embarrasse.

HARPAGON.

C'est vrai; je n'en ai pas de grandes, dieu merci;
Une seule parfois me donne du souci;
C'est une fluxion. *(Il se met à tousser.)*

FROSINE.

                    Maladie éphémère!
Il ne vous sied pas mal d'être fluxionnaire;
Et l'on ne peut avoir plus de grâce à tousser.

HARPAGON.

Dis-moi, me connaît-on, et me voyant passer,
A-t-on pris garde à moi?

FROSINE.

Non ; mais à juste titre
Je devais bien vous peindre ; or , sur votre chapitre
J'ai tenu les propos les plus officieux ,
Vanté votre mérite et témoigné vos feux ;
Marianne , en un mot , doit sentir l'avantage
De former avec vous le nœud du mariage.

HARPAGON.

Tu ne pouvais mieux faire , et je t'en sais bon gré.

FROSINE.

Je ferai tout pour vous, soyez-en assuré ;
Mais, monsieur, en revanche, obligez-moi, de grâce,
(Harpagon prend un air sérieux.)
Un mauvais chicaneur me plaide et me tracasse
Et sans un peu d'argent je perdrai mon procès ;
Puissé-je à vos bontés en devoir le succès !
De vous voir à coup sûr, elle sera joyeuse ;
(Harpagon reprend un air gai.)
Vous lui plairez sans peine ; espérance flatteuse
Qui doit réellement vous délecter le cœur ;
Votre fraise à l'antique, ornement séducteur,
Fera sur son esprit un effet admirable,
Mais vous lui paraîtrez encore plus aimable
Avec le haut de chausse au pourpoint réuni
Et fort élégamment d'aiguillettes garni ;
Elle raffolera.

HARPAGON.

Ce que tu viens de dire
Me charme tellement que je tombe en délire.

FROSINE.

En vérité, monsieur, ce procès est pour moi

(Harpagon reprend un air sérieux.)

D'une grande importance ; et je tremble d'effroi
Que son mauvais succès ne cause ma ruine ;
Mais vous empêcherez que l'on ne m'assassine ;
Vous viendrez à mon aide. Ah ! si vous aviez vu

(Harpagon reprend un air gai.)

A quel point Marianne avait le cœur ému,
Quand de vos qualités je peignais l'assemblage
Et de s'unir à vous je prouvais l'avantage !
Que n'étiez-vous témoin de son ravissement !
Dans ses yeux éclatait un vif contentement ;
De vous elle s'est prise, et meurt d'impatience
D'être heureuse en faisant cette belle alliance.

HARPAGON.

Tu m'as bien fait plaisir, et tant que je vivrai
D'un service si grand je me ressouviendrai.

FROSINE.

Accordez-moi, monsieur, ce que je vous demande ;
(Harpagon reprend encore son air sérieux.)
Vous avez le cœur bon et je m'y recommande.
Quelques petits secours me remettraient sur pié ;
Jamais un tel bienfait ne serait oublié.

HARPAGON.

Adieu, je vais finir plusieurs lettres pressantes.

FROSINE.

C'est une occasion pour moi des plus urgentes ;
Vous ne sauriez, monsieur, m'aider plus à propos.

HARPAGON.

Je vais dire au cocher d'apprêter ses chevaux
Pour que dans la journée il vous mène à la foire.

FROSINE.

C'est par nécessité, monsieur, daignez m'en croire,
Que je vous importune.

HARPAGON.

                    Oh ! je sais tout prévoir ;
J'aurai soin que l'on soupe un peu plutôt ce soir
Pour qu'on ne soit malade.

FROSINE.

                    Allons de bonne grâce,
Montrez-vous généreux ; soyez donc moins tenace,
Vous ne concevez pas le plaisir que....

HARPAGON.

                    Je sors ;
On m'appelle ; à tantôt. *(à part.)* Elle est pis qu'un recors.

FROSINE.

La peste du vilain ! que la fièvre le serre !
Mes attaques n'ont pu fléchir son caractère ;
Le ladre a tenu bon. Il ne faut pourtant pas
Qu'un pareil incident nous arrête ; en tout cas,
Prenons l'autre côté qui donne l'assurance
D'un prompt succès, garant de bonne récompense.

FIN DU SECOND ACTE.

ACTE TROISIÈME.

SCÈNE PREMIÈRE.

HARPAGON , CLÉANTE , ÉLISE , VALÈRE , DAME CLAUDE , *tenant un balai* , MAITRE-JACQUES , LAMERLUCHE , BRINDAVOINE.

HARPAGON.

ALLONS ; venez çà , tous ; silence , écoutez-moi.
Que chacun pour tantôt connaisse son emploi ,
Qu'il s'en acquitte bien , et fasse diligence ;
Dame Claude , approchez , que par vous je commence.
Bon , vous vous présentez les armes à la main.
Vous nettoîrez partout ; quand vous serez en train ,
Ne frottez pas trop fort ; au moins prenez-y garde ;
Les meubles s'useraient , et cela vous regarde.
Des bouteilles je veux que , pendant le souper ,
Vous preniez tant de soins , qu'on n'en puisse gripper ;
Si quelqu'une s'écarte , ou se casse , vos gages ,
N'allez pas l'oublier , répondront des dommages.

MAÎTRE-JACQUES , *à part.*

Châtiment politique.

HARPAGON , *à Dame Claude.*

Allez.

SCÈNE II.

HARPAGON, CLÉANTE, ÉLISE, VALÈRE, MAITRE-
JACQUES, BRINDAVOINE, LAMERLUCHE.

HARPAGON.

Venez ici,
Brindavoine, écoutez; vous, Lamerluche, aussi.
Votre charge à tous deux est de rincer les verres
Et de donner à boire à doses fort légères,
Alors qu'on aura soif seulement; mais surtout
Ne sollicitez pas à boire coup sur coup;
D'impertinents laquais c'est la sotte habitude;
De provoquer les gens ils se font une étude;
Ne les imitez pas, ménagez mon tonneau
Et ressouvenez-vous de porter beaucoup d'eau.

MAÎTRE-JACQUES, *à part.*

Oui, lorsqu'on le boit pur, le vin monte à la tête.

LAMERLUCHE.

Je crois qu'en souquenille, il serait malhonnête
De paraître aujourd'hui; monsieur, qu'en dites-vous.

HARPAGON.

Oui; vous avez raison; vous la quitterez tous,
Sitôt que vous verrez approcher de ma porte
Quelqu'un des conviés; pourtant faites ensorte
De ne vous pas salir.

BRINDAVOINE.

Eh! ne savez-vous point

Que l'huile de la lampe a taché mon pourpoint,
Sur l'un des devants même.

LAMERLUCHE.

Et moi, mon haut de chausse
Est troué par derrière; aussi chacun se gausse,
Surtout quand il me voit.... révérence parler....

HARPAGON.

Paix; voilà ce qu'il faut adroitement céler,
En ne montrant jamais que le devant au monde.
(A Brindavoine, en lui montrant comme il doit tenir
son chapeau au devant de son pourpoint, pour cacher
la tache d'huile.)
Et vous, tenez toujours, en servant à la ronde,
Ainsi votre chapeau.

SCÈNE III.

HARPAGON, CLÉANTE, ÉLISE, VALÈRE, MAITRE-
JACQUES.

HARPAGON.

Ma fille, quant à vous,
Je vous donne un emploi dont le sexe est jaloux;
La desserte sera sous votre surveillance;
Et vous empêcherez qu'on ne fasse bombance.
Mais ma maîtresse doit vous visiter ce soir;
Il faut vous préparer à la bien recevoir;
A la foire elle veut vous mener avec elle,
Vous m'entendez, Élise.

ÉLISE.

Oui, mon père, avec zèle,
Je suis prête à remplir ce qui m'est ordonné.

SCÈNE IV.

HARPAGON, CLÉANTE, VALÈRE, MAITRE-JACQUES.

HARPAGON.

Mon fils, le freluquet, à qui j'ai pardonné
L'histoire de tantôt; à l'objet qui m'engage
Toutefois n'allez pas faire mauvais visage.

CLÉANTE.

Moi, lui faire la mine! en ai-je le motif?

HARPAGON.

Mon Dieu! ne sait-on pas à quel point est rétif
Un enfant dont le père, encore d'un bon âge,
Se plait à contracter un second mariage;
Et de quel œil il voit celle qui prend alors
Le nom de belle-mère! au reste, de vos torts,
Si vous le souhaitez, je perdrai la mémoire;
Je n'en parlerai plus, pourvu qu'il soit notoire
Que, tout rempli d'égards pour l'objet de mes vœux,
Vous l'avez régalé d'un coup-d'œil gracieux.

CLÉANTE.

A vous dire le vrai, me réjouir; mon père,
De voir cette personne un jour ma belle-mère,
Me paraît impossible; et ce serait mentir
Si je vous avançais que j'y prendrai plaisir;
Mais pour la recevoir d'une manière affable;
Cela, je le promets; oui, je m'en sens capable.

HARPAGON.

Prenez-y garde au moins.

9

CLÉANTE.

Vous n'aurez pas vraiment
Sujet d'être fâché.

HARPAGON.

Vous ferez sagement.

$\infty\infty\infty\infty\infty\infty\infty\infty\infty\infty\infty\infty\infty$

SCÈNE V.

HARPAGON, VALÈRE, MAITRE-JACQUES.

HARPAGON.

VALÈRE, pour ceci j'ai besoin de ton aide.
Maître-Jacques, approchez, qu'avec vous je procède ;
Je vous ai tout exprès gardé pour le dernier.

MAÎTRE-JACQUES.

Est-ce votre cocher ou votre cuisinier
Que vous voulez, monsieur, commander pour la fête ?
Car je suis l'un et l'autre, il faut avoir ma tête
Pour subvenir à tout.

HARPAGON.

Taisez-vous, écoutez.
Je veux que tous les deux sachent mes volontés.

MAÎTRE-JACQUES.

Quel est celui qui doit le premier les entendre ?

HARPAGON.

Le cuisinier.

MAÎTRE-JACQUES.

Eh bien, vous daignerez attendre.
(Maître-Jacques ôte sa casaque de cocher et paraît vêtu
en cuisinier.)

HARPAGON.

Quelle cérémonie est-ce là ?

MAÎTRE-JACQUES.

Je suis prêt.
Vous n'avez qu'à parler ; mettez-moi donc au fait.

HARPAGON.

J'ai pris l'engagement de donner ce soir même
A souper , entends-tu ?

MAÎTRE-JACQUES , *à part.*

Ma surprise est extrême ;
Quel miracle , grands dieux !

HARPAGON.

Maître-Jacques , dis-moi ,
Pour faire un grand régal puis-je compter sur toi ?

MAÎTRE-JACQUES.

Oui , si vous me donnez bien de l'argent.

HARPAGON.

Que diable !
De l'argent ! sans cela de rien tu n'es capable ?
Il semble qu'à la bouche ils n'aient pas d'autre mot ;
De l'argent , de l'argent ; est-il rien de plus sot ?
Toujours parler d'argent ; c'est leur seule science.

VALÈRE.

Répondit-on jamais pareille impertinence !
Et faire bonne chère avec bien de l'argent
Est-ce merveille ? allons ; quoi de moins surprenant !
A tout pauvre d'esprit ce n'est-il pas facile ?
Mais quand on veut agir en cuisinier habile ,
On démontre à quel point l'on est intelligent
En faisant bonne chère avec fort peu d'argent.

MAÎTRE-JACQUES.

Avec peu d'argent ?

VALÈRE.

Oui.

MAÎTRE-JACQUES.

Rendez-nous un service ,
Monsieur , qui d'intendant faites ici l'office ;
Montrez-nous ce secret ; vous le devez , ma foi ;
Soudain de cuisinier je vous cède l'emploi.
On sait bien que monsieur depuis long-temps se mêle
D'être le factoton céans.

HARPAGON.

Point de querelle !
Qu'est-ce qu'il nous faudra ?

MAÎTRE-JACQUES.

Voilà votre intendant
Qui peut vous régaler moyennant peu d'argent.

HARPAGON.

Réponds-moi , je le veux.

MAÎTRE-JACQUES.

Eh bien , monsieur, à table
Combien serez-vous.

HARPAGON.

Huit , ou dix , sur cela table.
Pour huit prends seulement , sache bien t'arranger ;
Dans un repas pour huit , dix trouvent à manger.

VALÈRE.

Cela s'entend.

MAÎTRE-JACQUES.

Hé bien ! il faudra trois potages,
Six hors d'œuvre au moins, de deux canards sauvages
Nous ferons une entrée, ensuite un fricandeau
Que nous vous servirons avec un pâté chaud.

HARPAGON.

Diantre ! voilà de quoi traiter la ville entière.

MAÎTRE-JACQUES.

Rôt.

HARPAGON, *mettant la main sur la bouche de Maître-Jacques.*

Traître, tu veux donc me mettre à la misère.

MAÎTRE-JACQUES.

Entremets et dessert.

HARPAGON, *mettant la main sur la bouche de Maître-Jacques.*

Encore !

VALÈRE, *à Maître-Jacques.*

Voulez-vous
Faire crever le monde ? et monsieur, entre nous
Invite-t-il les gens à faire un peu gogaille
Pour les assassiner à force de mangeaille ?
Allez donc vous instruire en lisant le traité
Qu'un fameux écrivain a fait sur la santé ;
Des médecins aussi consultez la science ;
Chacun d'eux vous dira que s'emplir trop la panse
Est préjudiciable aux gens les plus dispos.

HARPAGON.

Il a raison.

VALÈRE.

Sachez, vous, Jacques et vos égaux,
Que de trop d'aliments une table remplie
Est un vrai coupe-gorge ; il y va de la vie.
A ceux que l'on invite on se montre attaché
Lorsque dans ses repas on n'est point recherché.
Par la frugalité l'on est sûr de leur plaire.
Un ancien sage a dit ; j'aurais tort de le taire :
Il faut manger pour vivre et non pas vivre pour manger.

HARPAGON.

On ne peut mieux parler ; viens çà, que pour ce mot
Je t'embrasse, Valère, il n'était pas un sot
Celui qui composa cette belle sentence ;
Emerveillé, je veux en garder souvenance.
Il faut vivre pour manger et non pas manger pour vi......
Non, ce n'est pas cela ; comment donc as-tu dit ?

VALÈRE.

Il faut manger pour vivre et non pas vivre pour manger.

HARPAGON, *à Maître-Jacques.*

Oui, tu l'as entendu. Quel est l'homme d'esprit
Qui d'avoir cette idée autrefois eut la gloire ?

VALÈRE.

Son nom n'est pas, monsieur, présent à ma mémoire.

HARPAGON.

Valère, souviens-toi d'écrire ce dicton ;
Je veux qu'en lettres d'or il soit dans mon salon
Gravé dès demain même et sur la cheminée.

VALÈRE.

La sentence sera par ma main burinée ;

Et si pour le souper vous me laissez agir ,
Tout ira comme il faut, j'en saurai bien sortir.

HARPAGON.

Fais , j'y consens.

MAÎTRE-JACQUES.

Tant mieux , j'aurai bien moins à faire.

HARPAGON.

Il faudra de ces plats dont on ne mange guère ,
Des choses dont on est bientôt rassasié ;
Quelque bon haricot bien gras et bien lié ,
Avec quelque hachis de viande nourrissante ,
Bien garni de marrons.

VALÈRE.

De remplir votre attente
Monsieur, je me fais fort ; reposez-vous sur moi.

HARPAGON , *à Maître-Jacques.*

Mon carrosse à présent a grand besoin de toi ,
Il faut le nettoyer.

MAÎTRE-JACQUES.

Attendez , je vous prie ,
Puisque ceci s'adresse au cocher.
(Maître-Jacques remet sa casaque.) Votre envie ?

HARPAGON.

Est qu'il faut nettoyer mon carrosse avec soin ;
Pour aller à la foire on en aura besoin ;
A mes chevaux aussi donne un bon coup d'étrille
De manière qu'aux yeux chacun de leurs poils brille ;
Pour cet après-dîner, en un mot , tiens-les prêts.

MAÎTRE-JACQUES.

Vos chevaux, par ma foi , sont tellement défaits

Qu'ils ne marchent pas plus en avant qu'en arrière ;
Je ne vous dirai pas qu'ils sont sur la litière ;
Les pauvres animaux dès long-temps n'en ont point ;
Et je dois m'abstenir de parler sur ce point.
Réduits toute l'année à faire le carême ,
Sans ombre de vigueur, d'une maigreur extrême ,
Squelettes respirant, fantômes de chevaux ,
Voilà le triste état de ces deux animaux.

HARPAGON.

Je n'exige rien d'eux ; sont-ils donc tant à plaindre ?

MAÎTRE-JACQUES.

Quoiqu'ils ne fassent rien , devez-vous les astreindre
A rester sans manger auprès du ratelier ?
Il leur vaudrait bien mieux de beaucoup travailler
Et de manger leur soûl. Leur état m'intéresse ;
Monsieur, pour mes chevaux si grande est ma tendresse
Qu'en les voyant pâtir il semble que mon cœur
Soit tout de même qu'eux en proie à la douleur ;
Pour eux m'ôtant aussi les morceaux de la bouche ,
Je témoigne combien leur souffrance me touche.
Quiconque ne prend pas pitié de son prochain ,
A coup sûr doit avoir des entrailles d'airain.

HARPAGON.

Aller jusqu'à la foire , est-ce un travail pénible ?

MAÎTRE-JACQUES.

Moi, je les conduirais ! monsieur, c'est impossible.
Le courage me manque ; oserais-je fouetter
Ces pauvres animaux pour les faire trotter ?
Eux, trainer un carrosse ! ah ! peuvent-ils à peine
Eux-mêmes se trainer. Cherchez donc qui les mène.

VALÈRE.

Le voisin le picard est homme à les mener ;

Monsieur, je me fais fort de l'y déterminer ;
D'ailleurs il est adroit et partant nécessaire
Aux apprêts du souper.

MAÎTRE-JACQUES.

                    Soit, pour moi, je préfère,
A les voir sous ma main cesser de respirer,
Que sous celle d'un autre ils aillent expirer.

VALÈRE.

Maître-Jacques, je vois, fait bien le raisonnable.

MAÎTRE-JACQUES.

C'est monsieur l'intendant qui fait bien le capable.

HARPAGON.

Paix.

MAÎTRE-JACQUES.

    Monsieur, je ne puis supporter tout flatteur,
Il a bien ses raisons s'il fait le contrôleur
Du pain, du vin, du bois, du sel, de la chandelle,
C'est en vous grattant bien, d'emplir son escarcelle ;
Il croit encor par là vous faire mieux sa cour ;
J'en enrage, et je suis plus fâché chaque jour
D'entendre les brocards que sur vous on débite ;
Car enfin je vous aime et j'en ai du mérite :
Personne plus que vous, mais après mes chevaux,
N'a droit à ma tendresse.

HARPAGON.

                    Et quels sont les propos
Que l'on tient sur mon compte ?

MAÎTRE-JACQUES.

                    Ah ! monsieur, quelle crainte
J'aurais de vous fâcher ?

                    10

HARPAGON.

Non, parle sans contrainte.

MAÎTRE-JACQUES.

Vous me pardonnerez, vous seriez irrité.

HARPAGON.

Point du tout; de plaisir je serais transporté,
N'en doute nullement; je suis aise d'apprendre
Comme on parle de moi.

MAÎTRE-JACQUES.

Je sens qu'il faut se rendre.
Eh bien; je vous dirai, sans vous rien déguiser,
Que chacun prend plaisir à vous tympaniser;
Et qu'à votre sujet on nous corne aux oreilles
Qu'en lésine surtout vous faites des merveilles;
De certains almanachs, l'un vous dit le faiseur,
Où, du calendrier nouveau régulateur,
Vous n'avez point d'égards pour les fêtes mobiles,
Et doublez hardiment quatre-temps et vigiles
A l'effet d'obliger votre monde à jeûner,
Sur ces privations cherchant à bûtiner.
L'autre, qu'à vos valets dans le temps des étrennes
Ou s'ils doivent quitter, vous préparez des scènes,
Et vous les leur donnez pour de l'argent comptant.
Celui-là de vous conte un fait extravagant:
Une fois, d'un voisin le chat, adroit et leste,
D'un gigot de mouton vous vint manger le reste;
Vous le fites citer. Celui-ci, c'est bien pis,
Assure qu'une nuit on vous avait surpris
Auprès de vos chevaux à dérober l'avoine;
C'était mon devancier qui se nommait Antoine;
Il vous distribua force coups de bâton,
Et vous n'avez jamais fait état de ce don.

Enfin j'ajouterai que, quelque part que j'aille ;
Toujours sur le tapis chacun vous tient, vous raille,
Et vous donne des noms, loin d'être beaux, morbleu,
Tels qu'avare, vilain, ladre et fesse-mathieu.

HARPAGON, *en battant Maître-Jacques.*

Tenez, maraud, voilà ce que votre impudence
Vous attire.

MAÎTRE-JACQUES.

       Ah, monsieur, j'étais certain d'avance
Que je vous fâcherais par ma sincérité ;
Aussi que n'aviez-vous plus de crédulité ?

HARPAGON.

Apprenez à parler.

SCÈNE VI.

VALÈRE, MAITRE-JACQUES.

VALÈRE, *riant.*

       Je crois que la franchise,
Maître-Jacques, céans est une balourdise ;
Car la vôtre vous vaut un mauvais traitement.

MAÎTRE-JACQUES.

Morbleu, mon beau monsieur, venu tout récemment,
Vous, qui faites ici l'homme de conséquence,
Réprimez, s'il vous plait un peu votre insolence ;
Si l'on vous donne un jour quelques coups de bâton,
Réjouissez-vous-en, je le trouverai bon ;
Mais sachez que des miens je ne veux pas qu'on rie.

VALÈRE.

Ah! mon cher Maître-Jacque, allons, je vous en prie ,.
Ne vous chagrinez pas.

MAÎTRE-JACQUES, *à part.*

Je crois qu'il file doux
Il faut faire le brave ; et s'il a peur de nous ,
S'il est assez nigaud, frottons un peu le drôle.
(haut.)
Eh! monsieur le rieur, qui jouez un sot rôle ,
Si vous vous avisez de rire encor de moi ,
Je vous contiendrai bien et vous resterez coi.

(Maître-Jacques pousse Valère jusqu'au bout du théâtre .
en le menaçant.)

VALÈRE.

Mais doucement.

MAÎTRE-JACQUES.

Comment? cela me plait.

VALÈRE.

De grace.

MAÎTRE-JACQUES.

Insolent, vous osez me plaisanter en face.

VALÈRE.

Ah! monsieur Maître-Jacque.

MAÎTRE-JACQUES.

Apprenez que ce nom
Doit être respecté. Si je prends un bâton ,
Je pourrai vous rosser et même d'importance.

VALÈRE.

(Valère fait reculer Maître-Jacques à son tour.)
Un bâton, dites-vous ? vous auriez l'impudence !

MAÎTRE-JACQUES.

Je ne dis pas cela.

VALÈRE.

Sachez, monsieur le fat,
Que de vous étriller je me sens en état.

MAÎTRE-JACQUES.

Je le crois fermement.

VALÈRE.

Et que pour tout mérite,
Vous n'êtes qu'un faquin, écumant la marmite.

MAÎTRE-JACQUES.

Je ne l'ignore pas.

VALÈRE.

Vous me connaissez mal.

MAÎTRE-JACQUES.

Pardonnez-moi, monsieur.

VALÈRE.

Vous, faire le brutal
Et vouloir me rosser !

MAÎTRE-JACQUES.

Pure badinerie.

VALÈRE.

Et moi, j'ai du dégoût pour votre raillerie.
(Donnant des coups de bâton à Maître-Jacques.)
Il en coûte par fois d'être un mauvais plaisant ;
Qu'à votre souvenir ce soit toujours présent.

MAÎTRE-JACQUES, *seul.*

C'est un mauvais métier que d'être trop sincère,

Désormais j'y renonce; oui, morbleu je préfère
Mentir toute ma vie. Eussé-je seulement
De mon maître, reçu ce rude châtiment;
De me battre il aurait quelque droit, ce me semble;
Mais pour ce factoton; de colère je tremble;
Et je me vengerai quelque jour si je puis.

SCÈNE VII.

MARIANNE, FROSINE, MAITRE-JACQUES.

FROSINE.

Le maître est-il céans?

MAÎTRE-JACQUES.

Oui, trop sûr que j'en suis.

FROSINE.

Allez donc, s'il vous plait, Maître-Jacques, lui dire
Que nous sommes ici.

SCÈNE VIII.

MARIANNE, FROSINE.

MARIANNE.

Frosine, quel martyre!
Je suis dans un état pénible à supporter;
Ah! je sens que sa vue est bien à redouter.

FROSINE.

Mais qui peut vous plonger dans cette inquiétude?

MARIANNE.

Du plus cruel chagrin n'est-ce pas le prélude
Que d'être jeune encore et de voir approcher
Le supplice où l'on veut pour toujours m'attacher !
Hélas ! c'est le sujet de mes justes alarmes.

FROSINE.

La mort, je le vois bien, aurait pour vous des charmes
Si le supplice était tout autre qu'Harpagon.
Votre mine me dit que l'aimable garçon
Dont vous m'avez parlé, sur vous a quelque empire.

MARIANNE.

Oui, Frosine, c'est vrai; loin de vous contredire,
J'en demeure d'accord; poli, respectueux,
Il est venu chez nous faire part de ses vœux ;
Aussi bien, de mon cœur s'est-il frayé la route.

FROSINE.

Savez-vous quel il est?

MARIANNE.

Non; pourtant je m'en doute;
Et je sais que son air vous engage à l'aimer.
Que ne puis-je choisir? j'oserais le nommer
Le maître de mon sort. Ah! comme il contribue
A me faire trouver ma douleur plus aiguë,
Quand je songe à l'époux que l'on veut me donner.

FROSINE.

Pourquoi, par ces blondins se laisser fasciner?
Vous les trouvez charmants alors qu'ils vous courtisent,
Vous avez confiance en tout ce qu'ils vous disent;
Il en est de gentils, je n'en disconviens pas,
Mais souvent la plupart sont gueux comme des rats.
Un vieux époux, mais riche, est pour vous préférable;

Il peut par ses bienfaits se rendre supportable ;
Du côté que je dis, tant s'en faut que les sens
Trouvent si bien leur compte ; ils sont parfois souffrants,
Je l'avoue ; et je sais qu'une jeune personne,
Vû les petits dégoûts qu'un homme âgé lui donne,
Ne peut du vrai bonheur jouir dans de tels nœuds ;
Mais cela n'est pas fait pour durer ; et du vieux
La mort vous rend bientôt veuve jeune et charmante ;
Un cavalier aimable et d'humeur fort galante
S'offre pour réparer tous les torts du défunt.

MARIANNE.

Désirer, espérer le trépas de quelqu'un
Pour être heureuse, hélas ! c'est une étrange affaire ;
Et la mort ne suit pas les projets qu'on peut faire.

FROSINE.

Certes, vous vous moquez ; si vous formez ces nœuds
C'est à condition que bientôt notre vieux
Vous rendra veuve ; il faut par une clause expresse,
Dans le contrat en faire insérer la promesse.
Et dans trois mois au plus s'il n'allait pas mourir,
Il serait ridicule. Ah ! je le vois venir ;
C'est lui-même en personne.

MARIANNE.

O ciel ! quelle figure !

SCÈNE IX.

HARPAGON, MARIANNE, FROSINE.

HARPAGON, à Marianne.

JE ne crois pas, ma belle, au moins vous faire injure
En venant devant vous, les lunettes aux yeux ;

Vous avez, je le sais, des appas merveilleux,
Ils frappent tellement qu'il n'est pas nécessaire,
Pour les apercevoir, de se servir de verre.
Mais, veut-on observer les astres dans leur cours,
Des lunettes il faut emprunter le secours ;
Et vous êtes un astre, oui, la voûte azurée,
De cette vérité soyez bien pénétrée,
N'en a pas de plus beau. Frosine, mais comment !
Mon aspect ne lui cause aucun contentement ?
Je ne le vois que trop à son morne silence.

FROSINE.

Elle est toute surprise ; et puis la bienséance....
Il faudrait qu'une fille eût bien peu de pudeur
Pour témoigner d'abord ce qu'elle a dans le cœur.

HARPAGON, *à Frosine.*

Ce que tu dis est vrai. (*à Marianne.*) Voilà, belle mignonne,
Ma fille qui vient voir votre aimable personne.

SCÈNE X.

HARPAGON, ÉLISE, MARIANNE, FROSINE.

MARIANNE.

Excusez le retard que j'ai mis à vous voir.

ÉLISE.

Vous prévenir, Madame, était de mon devoir.

HARPAGON.

Elle est grande, voyez ; toujours croît méchante herbe :
Oh ! ma fille n'a pas fait mentir le proverbe.

MARIANNE, *bas à Frosine.*

Quel homme déplaisant !

11

HARPAGON , *à Frosine.*

Que dit-elle de moi ?

FROSINE.

Que vous êtes charmant.

HARPAGON.

C'est trop d'honneur, ma foi ,
Adorable mignonne.

MARIANNE, *à part.*

Oh ! quelle sotte bête !

HARPAGON.

Certes, à mon égard , vous êtes trop honnête ;
Et pour ces sentiments, Madame, grand merci.

MARIANNE , *à part.*

Je n'y peux plus tenir.

SCÈNE XI.

HARPAGON, MARIANNE, ÉLISE, CLÉANTE, VALÈRE,
FROSINE, BRINDAVOINE.

HARPAGON.

VOICI mon fils aussi
Qui vous vient saluer.

MARIANNE.

Aventure incroyable !
Je fais rencontre ici de ce jeune homme aimable
De qui je t'ai parlé.

FROSINE.

Le hasard est heureux.

HARPAGON.

Vous êtes étonnée, on le voit dans vos yeux,
Que de si grands enfants moi-même je sois père,
Mais bientôt de tous deux je saurai me défaire.

CLÉANTE, *à Marianne.*

Je ne m'attendais pas à cet événement ;
Madame, je suis loin de le trouver charmant ;.
Et mon père a tantôt excité ma surprise ;
La résolution, qu'il m'a dit avoir prise,
Etait assurément faite pour m'étonner.

MARIANNE.

Je puis dire de même, et loin de soupçonner
D'avoir cette rencontre aussi peu vraisemblable,
Ma surprise à la vôtre est, ma foi, comparable.
A pareille aventure on n'est point préparé.

CLÉANTE, *à Marianne.*

Mon père a fait un choix digne d'être admiré ;
Et votre doux aspect comble mon cœur de joie.
N'allez pas cependant croire que je vous voie
Son épouse, Madame, avec même plaisir ;
D'être votre beau-fils je n'ai point le désir ;
Aux yeux de quelques-uns ce discours peut déplaire
Sans être ridicule aux vôtres, je l'espère.
Ce mariage, enfin, choque mes intérêts ;
Et sachant qui je suis, trouverez-vous mauvais
Que j'ose témoigner toute ma répugnance
A le voir s'accomplir ? non, Madame, je pense
Qu'au fond de votre cœur vous daignez m'approuver.
Et je puis l'assurer ; sans prétendre braver
De l'auteur de mes jours la présence sévère,

Si de moi seulement dépendait cette affaire ,
Elle n'aurait pas lieu.

HARPAGON.

Le joli compliment!
On n'a jamais parlé plus impertinemment ;
Et quels aveux encore est-il allé lui faire?

MARIANNE , *à Cléante.*

Cela m'est bien égal ; et je ne saurais taire
Qu'à mon cœur cet hymen répugne autant qu'à vous.
Le titre de beau-fils ne vous paraît pas doux ;
Celui de belle-mère a-t-il pour moi des charmes ?
Hélas ! ce n'est pas moi qui cause vos alarmes ;
Et si je vous donnais le moindre déplaisir ,
Ce serait à regret ; je puis le garantir.
Que de mes volontés on me laisse maîtresse ,
Soudain , n'en doutez pas , je ferai la promesse
De ne point consentir à cet engagement
Qui paraît vous plonger dans un affreux tourment.

HARPAGON.

Elle a , ma foi, raison ; à discours si maussade
Il faut même réponse. Excusez l'algarade
D'un fils impertinent, sans justesse d'esprit,
Ignorant la valeur des paroles qu'il dit.

MARIANNE.

Pour moi , de ses discours nullement offensée ,
Je suis aise qu'il m'ait expliqué sa pensée ;
De lui j'aime surtout cet aveu qu'a dicté
Un cœur plein de franchise et de naïveté :
S'il m'eût dans ses propos paru moins raisonnable ,
A mes yeux il serait beaucoup moins estimable.

CLÉANTE.

Non , mon père , jamais je n'en pourrai changer ;

Si vous m'en soupçonniez, ce serait m'outrager ;
Je vous prie instamment, Madame, de le croire.

HARPAGON.

Oh! comme il extravague! encore en fait-il gloire !

CLÉANTE.

Pouvez-vous exiger qu'on trahisse son cœur?

HARPAGON.

Encor! vous tairez-vous, monsieur le raisonneur ?

CLÉANTE, *à Harpagon.*

A comprimer l'élan de ma bouche indiscrète,
Puisque vous le voulez, volontiers je me prête.
  (*à Marianne.*)
A la place d'un père, avec votre agrément,
Madame, je me mets et vous dis franchement
Que vous êtes des dieux le plus parfait ouvrage ;
Qu'il n'est aucun mortel qui ne vous doive hommage ;
Vous plaire me rendrait l'homme le plus heureux ;
Et le titre d'époux, où tendent tous mes vœux,
Me semble préférable aux belles destinées
Que vaut un noble orgueil aux têtes couronnées.
Oui, de vous posséder le bonheur est sans prix ;
Voilà mon seul désir. De vos charmes épris,
Je veux avec ardeur en tenter la conquête ;
Dans ses nobles projets nul obstacle n'arrête
Un cœur tel que le mien.

HARPAGON.

Mais, doucement, mon fils.

CLÉANTE.

Oh! c'est un compliment que je me suis permis
De débiter pour vous à Madame.

HARPAGON.

Malpeste !
Monsieur le beau diseur, vos discours sont de reste.
N'ai-je pas une langue ? est-ce que j'ai besoin
Qu'à s'expliquer pour moi l'on prenne tant de soin ?
Donnez des siéges.

FROSINE.

Non, si vous voulez m'en croire,
Nous irons de ce pas faire un tour à la foire ;
Et de bonne heure ici nous pourrons revenir
Pour avoir tout le temps de nous entretenir.

HARPAGON, *à Brindavoine.*

Allez donc atteler.

SCÈNE XII.

HARPAGON, MARIANNE, ÉLISE, CLÉANTE, VALÈRE,
FROSINE.

HARPAGON, *à Marianne.*

EXCUSEZ-MOI, ma belle,
Vous auriez bien le droit de me chercher querelle
Pour n'avoir pas songé qu'il fallait vous offrir
Une collation, avant que de partir.

CLÉANTE.

J'ai pris soin d'y pourvoir ; aussi j'ai cru bien faire
Que d'envoyer chercher de votre part, mon père,
Tout ce que la saison pouvait offrir en fruits,
Frais ou confits au sucre et nombre de biscuits.

HARPAGON.

Valère !

VALÈRE.

Je crois fort qu'il a perdu la tête.

CLÉANTE.

Cette collation me semble assez honnête ;
Qu'en dites-vous, mon père ? et Madame, en tout cas,
Voudra bien m'excuser.

MARIANNE.

Pourquoi tant de fracas ?
Ce que vous avez fait n'était point nécessaire.

CLÉANTE.

Mais, comment trouvez-vous le brillant qu'a mon père ?
En a-t-on jamais vu qui jette autant de feu ?

MARIANNE.

Ah ! de plus éclatant je crois qu'il en est peu.

CLÉANTE, *ôtant du doigt de son père le diamant, et le
donnant à Marianne.*

Plus on le voit de près et plus on l'apprécie.

MARIANNE.

Que de feux il répand ! certes, rien de la vie,
Ne m'a paru si beau.

CLÉANTE, *se mettant au-devant de Marianne qui veut
rendre le diamant.*

Non, Madame, pourquoi ?
En de trop belles mains il se trouve, ma foi ;
D'ailleurs c'est un présent que vous offre mon père.

HARPAGON.

Moi ?

CLÉANTE.

Pour l'amour de vous, vous voulez qu'elle adhère
A le garder au doigt; n'est-il pas vrai?

HARPAGON.

Comment?

CLÉANTE, *à Marianne.*

Voyez, il me fait signe; et c'est assurément
Pour que je vous engage à l'accepter, Madame.

MARIANNE.

Je ne veux point....

CLÉANTE, *à Marianne.*

Allons, bien loin qu'il le réclame,
Il n'a d'autre désir....

HARPAGON, *à part.*

J'enrage.

MARIANNE.

Ce serait....

CLÉANTE, *empêchant toujours Marianne de rendre le
diamant.*

Non, vous dis-je, à coup sûr il s'en offenserait.

MARIANNE.

De grâce.

CLÉANTE.

Point du tout.

HARPAGON.

La peste soit du drôle!
Son audace me fait jouer un triste rôle.

CLÉANTE.

Votre refus le choque ; il le fait assez voir.

HARPAGON, *bas à son fils.*

Ah ! traître !

CLÉANTE, *à Marianne.*

Vous voyez qu'il est au désespoir.

HARPAGON, *à son fils, en le menaçant.*

Ah ! bourreau !

CLÉANTE.

Quoi ! mon père, ai-je tort ? l'obstinée !
On a beau la presser ; votre offre est dédaignée.

HARPAGON, *bas à son fils avec emportement.*

Pendard !

CLÉANTE.

Il me querelle, et madame, c'est vous
Qui pourtant contre moi provoquez son courroux.

HARPAGON, *bas à son fils, avec les mêmes gestes.*

Le coquin !

CLÉANTE, *à Marianne.*

Permettez que je vous persuade
De ne plus résister, vous le rendez malade.

FROSINE, *à Marianne.*

Mon Dieu ! que de façons et quel entêtement !
Puisque monsieur le veut, gardez le diamant.

MARIANNE, *à Harpagon.*

Moi, vouloir vous fâcher et vous mettre en colère !
Monsieur, vous n'aurez pas ce reproche à me faire.
Je garde le bijou, mais en votre pouvoir
Il rentrera dans peu ; le rendre est mon devoir.

12

‱‱‱‱‱‱‱‱‱‱‱‱‱‱‱‱‱‱

SCÈNE XIII.

HARPAGON, MARIANNE, ÉLISE, CLÉANTE, VALÈRE, FROSINE, BRINDAVOINE.

BRINDAVOINE.

Quelqu'un veut vous parler, monsieur, est-ce possible ?

HARPAGON.

Non, dis-lui qu'à présent je ne suis pas visible.

BRINDAVOINE.

A ton maître, a-t-il dit, j'apporte de l'argent.

HARPAGON.

Pardon, à revenir je serai diligent.

‱‱‱‱‱‱‱‱‱‱‱‱‱‱‱‱‱‱

SCÈNE XIV.

HARPAGON, MARIANNE, ÉLISE, CLÉANTE, VALÈRE, FROSINE, LAMERLUCHE.

LAMERLUCHE, *courant et faisant tomber Harpagon.*

Monsieur !

HARPAGON.

Ah ! je suis mort.

CLÉANTE.

Qu'arrive-t-il, mon père ?

Vous êtes-vous fait mal ?

HARPAGON.

Je suis d'une colère.....
Mes débiteurs sans doute ont payé le maraud
Pour me faire crever en tombant de mon haut.

VALÈRE, *à Harpagon.*

Cela ne sera rien.

LAMERLUCHE, *à Harpagon.*

Excusez ma vîtesse ;
J'accourais pour vous dire une chose qui presse.

HARPAGON.

Eh ! de quoi s'agit-il ? tu fais bien l'affairé !

LAMERLUCHE.

Chacun de vos chevaux se trouve déferré.

HARPAGON.

Que chez le maréchal promptement on les mène ,
Et qu'il les ferre bien , s'il veut avoir l'étrenne.

CLÉANTE.

Mon père, en attendant que les fers leur soient mis ,
Je vais faire pour vous les honneurs du logis ,
Et conduire madame au jardin , où la table
Nous rendra le séjour encor plus agréable
En nous offrant de quoi faire collation.

SCÈNE XV.

HARPAGON , VALÈRE.

HARPAGON.

VALÈRE, à tout cela fais bien attention ;
Le plus que tu pourras, sauve-m'en, je te prie ;

De le rendre au marchand j'ai la plus grande envie.

VALÈRE.

C'est assez, tout ira, monsieur, à votre gré.

HARPAGON , *seul.*

Tu veux donc ma ruine , ô fils dénaturé !

FIN DU TROISIÈME ACTE.

ACTE QUATRIÈME.

SCÈNE PREMIÈRE.

CLÉANTE, MARIANNE, ÉLISE, FROSINE.

CLÉANTE.

Il faut rentrer ici, nous serons à merveille;
Personne de suspect autour de nous ne veille,
Et nous pourrons parler en toute liberté.

ÉLISE.

Oui, madame, mon frère avec sincérité
De son amour pour vous m'a peint la violence;
Je sais les déplaisirs, la peine, la souffrance
Que lui fait éprouver un obstacle puissant,
Et j'ai, n'en doutez pas, le cœur compatissant :
L'intérêt que ce cœur prend à votre aventure
Est de ses sentiments la marque la plus sûre.

MARIANNE.

Voir dans ses intérêts un cœur si généreux,
Quoi de plus consolant, lorsqu'on est malheureux !
Daignez me conserver, madame, je vous prie,
Cette noble amitié qui me rend à la vie :
De me faire oublier les cruautés du sort,
Vous seule êtes capable.

FROSINE.

Ah! vous avez eu tort.
Pourquoi de vos projets m'avez-vous fait mystère?
Si je les avais sus, renonçant à l'affaire,
Je n'aurais pas agi contre vos intérêts,
Et vous ne seriez pas l'un et l'autre inquiets.

CLÉANTE.

Qu'y faire? ainsi le veut une étoile maligne
Qui préside à mon sort; mais si je m'y résigne,
Charmante Marianne, il faut me faire part
Des résolutions prises à mon égard.

MARIANNE.

L'état de dépendance où je me vois plongée
Me permet-il d'en prendre? ah! je suis obligée
D'obéir au destin qui m'abreuve d'ennuis,
Et former des souhaits c'est tout ce que je puis.

CLÉANTE.

Quoi! madame, au mortel que l'infortune accable
Par des vœux seulement vous êtes secourable!
Point de cette pitié, qui s'exhalant du cœur,
Du plus doux sentiment semble l'avant-coureur;
Point de bonté qui porte à donner l'espérance
De recevoir un jour le prix de sa constance;
En un mot, point d'amour?

MARIANNE.

Que vous dirai-je, hélas!
Mettez-vous en ma place, et voyez l'embarras
Où je suis; avisez à ce que je dois faire.
Cléante, je vous crois raisonnable et sincère;
Je m'en rapporte à vous; mon cœur vous est soumis;
Vous n'exigerez rien qui ne me soit permis
Tout autant par l'honneur que par la bienséance.

CLÉANTE.

Où me réduisez-vous? dans quelle dépendance,
Hélas! vont me tenir les sentiments fâcheux
D'un honneur qui paraît beaucoup trop rigoureux
Et d'une bienséance au delà du scrupule!

MARIANNE.

Dans mes raisonnements je suis donc ridicule?
Que faut-il que je fasse? ah! par le préjugé
A quantité d'égards mon sexe est obligé;
De ne m'y pas soumettre eussé-je le courage,
N'ai-je pas une mère à qui je dois hommage?
Et de ses tendres soins gardant le souvenir,
Voudrais-je lui donner le moindre déplaisir?
Cléante, toutefois agissez auprès d'elle;
A gagner son esprit mettez tout votre zèle;
Tout ce que vous croirez nécessaire au succès,
Faites-le librement, oui, je vous le permets.
Et fallût-il moi-même avouer à ma mère
Ce que je sens pour vous, je suis prête à le faire.

CLÉANTE.

Ah! Frosine, dis-moi, voudrais-tu nous servir?

FROSINE.

Faut-il le demander? avec bien du plaisir;
Gardez-vous d'en douter, j'y ferai mon possible.
Je suis, vous le savez, d'un naturel sensible;
Je n'ai pas, grâce au ciel, un cœur de diamant;
Certes, il n'est pour moi de plus grand agrément
Que d'être utile aux gens dont l'ardeur mutuelle,
Par l'honneur approuvée, a recours à mon zèle.
Que pourrions-nous donc faire à ceci?

CLÉANTE.

Songe un peu.

MARIANNE.

Fournis-nous des moyens.

ÉLISE.

Pour toi ce n'est qu'un jeu ;
Ne t'est-il pas aisé de rompre ton ouvrage ?

FROSINE.

Tant s'en faut…. du côté que soudain j'envisage ,
Je pourrais bien avoir quelque facilité.
(*à Marianne.*)
Quant à vous, votre mère est, à la vérité,
Tant soit peu raisonnable ; et si je lui suggère
De transporter au fils le don promis au père,
Peut-être à mes raisons voudra-t-elle toper.
Mais un père amoureux ! comment le détromper,
Et surtout quand il voit son fils en concurrence ?

CLÉANTE.

Cela s'entend.

FROSINE.

Il faut pourtant craindre d'avance
Le dépit qu'il aura s'il éprouve un refus :
Se faire illusion, ce serait un abus.
Ne croyez pas qu'il veuille agir en homme sage,
Et qu'il donne les mains à votre mariage.
Puisse au moins le refus de lui-même venir,
Et son amour pour vous par le dégoût finir !

CLÉANTE.

Tu raisonnes fort juste.

FROSINE.

Oui, j'ai raison, sans doute,
Voilà ce qu'il faudrait ; mais où trouver la route ?

Attendez, j'imagine un bon expédient ;
Nous pouvons l'essayer sans inconvénient.
Il s'agirait d'avoir une femme sur l'âge,
Comme moi déliée, et d'un grand personnage
Sachant jouer le rôle, enfin prenant le nom
De marquise ou comtesse au pays bas-breton.
D'un train fait à la hâte elle ferait parade ;
Je verrais votre père, et de mon ambassade
Je saurais m'acquitter à le rendre content ;
Outre plusieurs maisons, cent mille écus comptant,
Lui dirais-je, voilà ce qu'une aimable dame
Offre avec le désir de se voir votre femme ;
Sa personne et son bien, tout vous appartiendra ;
Faites-en dresser l'acte, elle le signera.
La proposition agirait à merveille ;
Oh ! je ne doute point qu'il n'y prêtât l'oreille.
Je sais bien qu'il vous aime, et quoiqu'il soit jaloux
De vous avoir à soi, certainement sur vous
L'argent qu'il idolâtre aurait la préférence ;
De ce leurre ébloui, sans nulle défiance,
A ce que vous voulez il pourrait consentir.
Qu'importe, après cela, qu'il aille découvrir
Le véritable état de la fausse comtesse ?

CLÉANTE.

On ne peut mieux penser.

FROSINE.

                         Allons, à mon adresse
Fiez-vous ; tout ira, je l'espère, à souhait ;
En y réfléchissant, tenez, pour notre fait
A ma mémoire s'offre une de mes amies.

CLÉANTE.

Si les difficultés par toi sont aplanies,
Mon cœur reconnaissant ne pourra l'oublier.

13

Mais, belle Marianne, il faut s'étudier
A gagner promptement l'esprit de votre mère ;
Rompre ce mariage est toujours beaucoup faire ;
De grâce, faites-y tout ce que vous pourrez ;
Et j'ose me flatter que vous réussirez....
Servez-vous du pouvoir que vous donne sur elle
Dès vos plus jeunes ans l'amitié maternelle.
Le ciel à votre égard s'est montré bienfaisant ;
Une bouche éloquente, un regard séduisant
Des mains de tout mortel feraient tomber les armes.
Ne l'oubliez donc pas ; déployez tous vos charmes ;
Parlez, priez, pressez ; le succès est certain :
Est-ce que vous pourriez solliciter en vain ?

MARIANNE.

Cléante, je ferai tout auprès de ma mère ;
Puissé-je par mes soins nous la rendre prospère !

SCÈNE II.

HARPAGON, CLÉANTE, MARIANNE, ÉLISE, FROSINE.

HARPAGON, *à part, sans être aperçu.*

MA future et mon fils sont ensemble ; holà !
Il lui baise la main ! et Madame à cela
Fait, à ce qu'il paraît, fort peu de résistance :
De cet événement que faut-il que je pense?

ÉLISE.

Voilà mon père.

HARPAGON.

Or çà, je viens vous avertir
Que le carrosse est prêt, si vous voulez partir.....

CLÉANTE.

Puisque vous n'allez pas à la foire avec elle ,
Je les y conduirai.

HARPAGON.

Non pas; ces demoiselles ,
Seules s'y rendront bien; vous resterez , mon fils ,
J'ai grand besoin de vous.

SCÈNE III.

HARPAGON , CLÉANTE.

HARPAGON.

Mets au rang des oublis
Que Marianne doive être ta belle-mère ;
Dis- moi ce qu'il t'en semble , et montre-toi sincère.

CLÉANTE.

Ce qu'il m'en semble ?

HARPAGON.

Oui , son air et son maintien ,
Ses traits et son esprit ne te disent-ils rien ?

CLÉANTE.

Pas grand'chose , ma foi.

HARPAGON.

Mais encore ?

CLÉANTE.

L'idée
Que j'en avais d'abord m'a paru mal fondée.

Maintenant je lui trouve un air des plus coquets,
Un maintien assez gauche et point de jolis traits ;
Du côté de l'esprit elle ne brille guère.
Au reste, n'allez pas imaginer, mon père,
Que je dise cela pour vous en dégoûter ;
Et si, pour belle-mère il la faut adopter,
J'aime autant celle-là qu'une autre.

HARPAGON.

Mais, Cléante,
Tu lui disais tantôt....

CLÉANTE.

D'une façon galante,
Mon père, en votre nom, je me suis exprimé ;
Vous plaire est le désir dont je suis animé.

HARPAGON.

Si bien, que tu n'aurais aucun penchant pour elle ?

CLÉANTE.

Moi, pas le plus léger.

HARPAGON.

Oh ! que cette nouvelle
Me cause du chagrin ! voilà qu'elle détruit
Un projet qui venait d'entrer dans mon esprit.
J'ai, la voyant ici, réfléchi sur mon âge,
Et songé qu'on pourrait fronder ce mariage ;
En effet, Marianne est trop jeune pour moi ;
D'y renoncer enfin je me fais une loi.
J'en ai fait la demande et donné ma parole ;
Et pour ne point passer pour un esprit frivole,
Je te la donnerais sans cette aversion
Que tu viens de marquer au lieu d'affection.

CLÉANTE.

A moi ?

HARPAGON.

Sans doute à toi.

CLÉANTE.

Comment ! en mariage ?

HARPAGON.

Oui.

CLÉANTE.

Quoique faiblement Marianne m'engage,
Je me déciderai, pour vous faire plaisir,
Mon père, à l'épouser, si c'est votre désir.

HARPAGON.

Moi, j'ai plus de raison que ton âme ne pense,
Et bien loin de vouloir te faire violence,
Je ne forcerai point ton inclination.

CLÉANTE.

Eh bien, pour témoigner toute l'affection
Que mon cœur a pour vous, je me sens le courage
De faire cet effort.

HARPAGON.

Non, non, un mariage
Où le penchant n'est pas ne saurait être heureux.

CLÉANTE.

Mais, cela vient après ; et souvent de ses nœuds
L'amour devient le fruit.

HARPAGON.

Je pense le contraire ;
Et ne veux te forcer à conclure une affaire

BIBLIOTHÈQUE

Dont les suites pourraient te causer du chagrin ;
Si ton cœur à l'aimer me paraissait enclin ,
Je te la ferais bien épouser en ma place :
Ta froideur a changé cette affaire de face ;
A mon premier projet tu me fais revenir ;
A Marianne enfin je persiste à m'unir.

CLÉANTE.

Puisqu'il en est ainsi , je ne dois plus vous taire
Le secret de mon cœur ; apprenez donc , mon père ,
Que j'aime Marianne ; oui , le plus tendre amour
S'est emparé de moi depuis le premier jour
Où cet objet charmant s'est offert à ma vue.
Je vous aurais tantôt, de mon âme éperdue
Témoigné le désir ; vous auriez tout appris ;
Mais de vos sentiments l'aveu m'a fort surpris ;
Des miens je me suis tu , de peur de vous déplaire.

HARPAGON.

Mais êtes-vous allé chez elle ?

CLÉANTE.

Oui, mon père.

HARPAGON.

Beaucoup de fois ?

CLÉANTE.

Assez , depuis l'heureux moment....

HARPAGON.

Vous a-t-on bien reçu ?

CLÉANTE.

Fort agréablement ,
Sans savoir qui j'étais ; tantôt, pour cela même ,
Marianne a paru d'une surprise extrême.

HARPAGON.

L'avez-vous mise au fait de votre passion ?
Avez-vous ajouté que votre intention
Etait de l'épouser ?

CLÉANTE.

Sans doute ; et sur ma flamme
A sa mère j'ai cru devoir ouvrir mon âme.

HARPAGON.

A-t-elle sur sa fille écouté vos desseins ?

CLÉANTE.

Oui, fort civilement ; mes vœux ne sont pas vains.

HARPAGON.

Enfin, partage-t-on votre vive tendresse ?

CLÉANTE.

Je crois que Marianne à mon sort s'intéresse.

HARPAGON, *à part.*

Je suis aise d'avoir appris un tel secret ;
Le découvrir était justement mon projet.
(*haut.*)
Or sus, savez-vous bien, mon fils, ce qui se passe ;
D'être trop patient à la fin l'on se lasse :
Il faut à votre amour renoncer aussitôt.
A l'objet de mes vœux n'en dites plus un mot ;
Et je prétends de plus que, sans faire la mine,
Vous épousiez dans peu celle qu'on vous destine.

CLÉANTE.

Oui, mon père, ainsi donc vous jouez votre fils !
Hé bien ! d'après cela, moi, je vous avertis
Qu'il m'importe fort peu que cela vous chicane ;

Je ne cesserai point de chérir Marianne ;
De mes prétentions loin de me désister ,
Je m'abandonne à tout pour vous la disputer ;
Faites fond, s'il vous plait, sur l'aveu de la mère ;
J'aurai peut-être ailleurs un appui tutélaire.

HARPAGON.

Comment, pendard ! c'est toi qui m'aurais supplanté ?
Je serais le jouet de ta témérité !

CLÉANTE.

C'est vous, qui, quoique vieux, courez sur mes brisées ;
Mes amours cependant ne sont pas méprisées ;
Et le premier en date espère réussir.

HARPAGON.

Mais, moi, je suis ton père, et tu dois m'obéir.

CLÉANTE.

Pour un père un enfant a de la déférence ;
Mais qui peut l'y forcer en pareille occurrence ?
Aux yeux d'aucun mortel l'amour n'a nul égard ;
Il ne connaît personne.

HARPAGON.

                    Oh ! tu verras, pendard !
De bon coups de bâton me feront bien connaître.

CLÉANTE.

Vainement en courroux , mon père , c'est vous mettre ;
Vos propos menaçants ne m'intimident pas.

HARPAGON.

De Marianne il faut oublier les appas.

CLÉANTE.

Moi, jamais.

HARPAGON.

                    Qu'on me donne un bâton tout de suite.

SCÈNE IV.

HARPAGON, CLÉANTE, MAITRE-JACQUES.

MAÎTRE-JACQUES.

Hé, messieurs, qu'avez-vous? qu'est-ce qui vous agite?

CLÉANTE.

De cela je me moque.

MAÎTRE-JACQUES, *à Cléante.*

Ah! monsieur, doucement.

HARPAGON.

Vois-tu, comme mon fils me parle impudemment!

MAÎTRE-JACQUES, *à Cléante.*

Ah! de grâce, monsieur, finissez cette guerre.

CLÉANTE.

Je n'en démordrai point.

MAÎTRE-JACQUES, *à Cléante.*

Comment! à votre père?

HARPAGON.

Laisse-moi lui donner quelques bons coups....

MAÎTRE-JACQUES.

Hé, quoi!
A votre fils? monsieur; encor passe pour moi.

HARPAGON.

Maître-Jacques, je veux que tu juges l'affaire;

14

Si tu la pèses bien et que tu sois sincère ,
Certainement le droit sera de mon côté.

MAÎTRE-JACQUES.

J'y consens. Quant à vous , (*à Cléante.*) soyez moins entêté ;
Eloignez-vous un peu.

HARPAGON.

J'aime une jeune dame
Et désire l'avoir pour ma seconde femme ;
Le pendard l'aime aussi ; n'ose-t-il pas encor
Sans mon consentement y prétendre ?

MAÎTRE-JACQUES.

Il a tort.

HARPAGON.

Vouloir avec son père entrer en concurrence ,
C'est de la part d'un fils une étrange arrogance ;
Et ne devrait-il pas par respect s'abstenir
De songer à l'objet qui peut m'appartenir ?

MAÎTRE-JACQUES.

Oh ! vous avez raison ; rien ne le justifie :
Laissez-moi lui parler ; restez-là , je vous prie.

CLÉANTE, *à Maître-Jacques , qui s'approche de lui.*

Eh bien , puisque de toi pour juge on a fait choix ,
Loin de te récuser , je te donne ma voix.
Te voilà donc chargé d'apaiser la querelle.

MAÎTRE-JACQUES.

Je dois à tant d'honneur répondre par mon zèle.

CLÉANTE.

D'un objet séduisant je suis très-amoureux ;
Cette jeune personne est sensible à mes vœux ;

Les offres de ma foi ne sont pas mal reçues ;
Mais mon père, cruel, n'entre point dans mes vues ;
Il trouble notre amour ; loin de me l'accorder,
Pour lui-même il la veut et l'a fait demander.

MAÎTRE-JACQUES.

Certes, il a grand tort.

CLÉANTE.

Se peut-il qu'à son âge,
Et sans rougir de honte, il songe au mariage ?
L'amour devrait-il être encor sa passion ?
Qu'il laisse aux jeunes gens cette occupation !

MAÎTRE-JACQUES.

La raison est pour vous ; votre père se moque ;
Permettez qu'avec lui j'aie un petit colloque.
(à Harpagon.)
Moins que vous ne croyez, étrange est votre fils ;
Il vient de se montrer raisonnable et soumis ;
Le respect qu'il vous doit, présent à sa mémoire,
Sur ses vivacités remporte la victoire.
Il m'a dit qu'il était prêt à vous obéir,
Selon qu'à son égard vous voudriez agir ;
Montrez-vous donc, monsieur, désormais plus traitable ;
Donnez-lui pour épouse une personne aimable
Et qui soit à son gré.

HARPAGON.

Maître-Jacques, dis-lui
Que moyennant cela, de moi dès aujourd'hui
Il peut tout espérer. Marianne exceptée,
Celle qui lui plaira, loin d'être rebutée,
Obtiendra mon aveu ; je le lui garantis.

MAÎTRE-JACQUES.

Laissez-moi faire, allez. (à Cléante.) Reprenez vos esprits,

Votre père, monsieur, est moins déraisonnable
Que vous ne présumez; c'est un homme traitable;
Par vos emportements vous l'aviez irrité;
Votre façon d'agir l'a beaucoup affecté;
Lorsque par la douceur vous voudrez vous y prendre,
Certes, vous le verrez à vos vœux condescendre.
Soyez rempli d'égards, soumis, respectueux,
Tel enfin que d'un fils, un père généreux
A droit de l'exiger; voilà ce qu'il désire.

CLÉANTE.

Maître-Jacques, fais-moi le plaisir de lui dire
Qu'il n'a qu'à m'accorder Marianne, et soudain
De ma soumission il peut être certain;
Oui, de ses volontés son fils devient esclave.

MAÎTRE-JACQUES, *à Harpagon.*

C'est fait, à vos désirs il ne met nulle entrave.

HARPAGON.

On ne peut mieux parler.

MAÎTRE-JACQUES, *à Cléante.*

Monsieur, tout est fini;
Il est content de vous.

CLÉANTE.

Le ciel en soit béni !

MAÎTRE-JACQUES.

Vous voilà donc d'accord à la fin, ce me semble;
Vous pouvez maintenant, messieurs, parler ensemble.

CLÉANTE.

Mon pauvre Maître-Jacque, ah! de mon souvenir
Ne pourra s'effacer ta manière d'agir.

MAÎTRE-JACQUES.

Ce service, monsieur, est de peu d'importance.

HARPAGON.

M'obliger à ce point mérite récompense.

(*Harpagon fouille dans sa poche, Maître-Jacques tend la main, mais Harpagon ne tire que son mouchoir, en disant :*)

Va, je m'en souviendrai, sois-en persuadé.

MAÎTRE-JACQUES.

Je vous baise les mains.

SCÈNE V.

HARPAGON, CLÉANTE.

CLÉANTE.

Je vous ai trop plaidé ;
De mon entêtement, excusez-moi, mon père.

HARPAGON.

Cela n'est rien.

CLÉANTE.

Si fait, mon regret est sincère.

HARPAGON.

Pour moi, je suis ravi de voir qu'à la raison
Tu te rendes, mon fils.

CLÉANTE.

Ah ! c'est être trop bon
Que d'oublier sitôt ma faute.

HARPAGON.

Tu veux rire;
On oublie aisément un moment de délire,
Dès qu'on voit les enfants rentrer dans leur devoir.

CLÉANTE.

Quoi ! sans ressentiment vous daigneriez me voir ;
J'obtiendrai le pardon de mon extravagance ?

HARPAGON.

Par la soumission et par la déférence
Que tu marques, mon fils, ne m'y forces-tu pas ?

CLÉANTE.

Mon père, soyez sûr que jusques au trépas
Vos bontés ne pourront sortir de ma pensée.

HARPAGON.

Je t'assure à mon tour, que sans cesse empressée
Mon amitié pour toi préviendra tes souhaits.

CLÉANTE.

Qu'aurais-je à demander ? mes vœux sont satisfaits ;
Le don de Marianne a comblé mon attente.

HARPAGON.

Comment ?

CLÉANTE.

N'ai-je pas lieu d'avoir l'âme contente ?
J'adore Marianne et vais la posséder ;
Oui, l'auteur de mes jours daigne me l'accorder.

HARPAGON.

Qui parle de cela ?

CLÉANTE.

Vous-même.

HARPAGON.

Moi ?

CLÉANTE.

Sans doute.

HARPAGON.

Tu tâches vainement à me mettre en déroute ;
Eh ! n'as-tu pas promis d'y renoncer ?

CLÉANTE.

Qui, moi,
Y renoncer ?

HARPAGON.

Oui.

CLÉANTE.

Non ; il n'en est rien, ma foi.

HARPAGON.

Et tu n'as pas cessé d'y prétendre ?

CLÉANTE.

Au contraire,
J'y tiens plus que jamais ; apprenez-le, mon père.

HARPAGON.

Quoi ! pendard, derechef ?

CLÉANTE.

Rien ne me peut changer.

HARPAGON.

A ton devoir, coquin, je saurai te ranger.

CLÉANTE.

Tout comme il vous plaira.

HARPAGON.

Fuis, je te fais défense

De me voir désormais ; redoute ma présence.

CLÉANTE.

Suffit.

HARPAGON.

Je t'abandonne.

CLÉANTE.

Oh ! ce vous est permis.

HARPAGON.

Vaurien, je te renonce à jamais pour mon fils.

CLÉANTE.

Soit.

HARPAGON.

Je te déshérite.

CLÉANTE.

A votre fantaisie
Faites ; de votre argent fort peu je me soucie.

HARPAGON.

Et je te donne enfin ma malédiction.

CLÉANTE.

A vos dons je ne fais aucune attention.

SCÈNE VI.

CLÉANTE, LAFLÈCHE.

LAFLÈCHE, *sortant du jardin avec une cassette.*

QUELLE heureuse rencontre ! ah ! monsieur, venez vîte.

CLÉANTE.

Qu'arrive-t-il, Laflèche, et qu'est-ce qui t'agite ?

LAFLÈCHE.

Suivez-moi promptement, monsieur, nous sommes bien.

CLÉANTE.

Comment?

LAFLÈCHE.

J'ai votre fait. A l'arrêt comme un chien,
J'ai guetté tout le jour cette excellente proie.

CLÉANTE.

Qu'est-ce donc?

LAFLÈCHE.

Rien ne peut vous causer plus de joie :
De votre père enfin j'ai saisi le trésor.

CLÉANTE.

Mais comment as-tu fait?

LAFLÈCHE.

Vous le saurez, d'abord
Esquivons-nous, monsieur; car je l'entends qui crie.

SCÈNE VII.

HARPAGON, *criant au voleur dès le jardin.*

Au voleur! au voleur! c'en est fait de ma vie.
Au meurtre! à l'assassin! justice, juste ciel!
Je suis perdu; mon cœur reçoit un coup mortel.
On m'a pris mon argent; grands dieux! qui pourrait-ce être?
Qu'est devenu le monstre? où se cache le traître?
Pour le trouver que faire? où courir? où rester?
N'est-il point là? voyons, il faut ici guetter.

15

Mais j'aperçois quelqu'un : qui vive ! arrête ! arrête !
(*à lui-même, se prenant par le bras.*)
Rends mon argent, coquin ! Ah ! c'est moi, pauvre tête !
Où suis-je donc, qui suis-je et que fais-je ici bas ?
J'ai l'esprit si troublé que je ne le sais pas.
Hélas ! mon pauvre argent, objet de ma tendresse,
Toi, que j'idolâtrais bien plus qu'une maîtresse,
O mon meilleur ami ! l'on m'a privé de toi ;
Puisque tu m'es ravi, tout est fini pour moi.
J'ai perdu mon support, mon ange tutélaire,
Et partant je n'ai plus que faire sur la terre.
Sans toi je ne puis vivre ; ah ! je me sens mourir ;
C'en est fait, je suis mort ; on peut m'ensevelir
Et me mettre au tombeau ; je n'ai plus d'autre gîte.
Ah ! que quelqu'un paraisse et qu'il me ressuscite ;
Mes yeux se rouvriront s'il me rend mon argent,
Ou s'il daigne du moins être assez obligeant
Pour m'indiquer celui qui s'en est rendu maître.
Que je lui saurai gré s'il me le fait connaître !
Hé ! de quoi parlez-vous ? ce n'est personne, hélas !
Il faut que le voleur ait observé mes pas,
Avec soin épié le moment favorable,
Et pour exécuter son dessein exécrable,
Choisi certainement, de peur d'être surpris,
Le temps où je parlais à mon traître de fils.
Sortons, je veux aller informer la justice ;
Contre le délinquant il faut qu'elle sévisse ;
Et pour le découvrir, qu'à toute la maison
Elle fasse à l'instant donner la question :
Que servantes, valets, soient mis à la torture ;
Que fils, fille et moi-même, oui, que chacun l'endure !
Que de gens assemblés ! quand sur quelqu'un mes yeux
S'arrêtent, aussitôt je deviens soupçonneux
Et crois voir mon voleur ; oui, tout me semble l'être.
De qui parle-t-on là ? c'est sans doute du traître

Qui m'a pris mon argent ? Quel bruit fait-on là-haut ?
Est-il là le coquin ? allons , vîte au cachot.
Serait-il parmi vous ? ah ! daignez me le dire.
Ils me regardent tous et se mettent à rire !
Vous verrez qu'ils ont part au vol que l'on m'a fait ;
Ils cachent à coup sûr l'auteur de ce méfait.
Allons , que sans délai l'on mande un commissaire ;
Qu'il vienne sur-le-champ pour instruire l'affaire ;
Et vîte des archers , des huissiers , des prévôts ,
Des juges , des gibets et partant des bourreaux !
Qu'on pende tout le monde ; et si mon bien suprême ,
Mon or ne m'est rendu , je me pendrai moi-même.

FIN DU QUATRIÈME ACTE.

ACTE CINQUIÈME.

SCÈNE PREMIÈRE.

HARPAGON, UN COMMISSAIRE.

Le Commissaire.

Monsieur, laissez-moi faire, oh ! je sais mon métier ;
J'ai de l'expérience et suis un vieux routier ;
De découvrir des vols dès long-temps je me mêle ;
Après moi, j'ose dire, il faut tirer l'échelle.
Puissé-je avoir autant de sacs de mille francs
Que, d'après leurs délits, j'ai fait pendre de gens !

Harpagon.

Tout magistrat doit prendre avec feu ma défense ;
Cette affaire est, monsieur, d'une grande importance ;
Et si l'on ne me fait retrouver mon argent,
Pour obtenir justice, aussitôt en sergent
Je m'érige, j'exploite et plaide la justice.

Le Commissaire.

Nous allons procéder ; donnez-nous quelque indice.
Hé bien, cette cassette au juste contenait ?....

Harpagon.

Dix mille écus, monsieur, bien comptés, s'il vous plaît.

LE COMMISSAIRE.

Diantre ! dix mille écus !

HARPAGON.

Oui.

LE COMMISSAIRE.

Le vol est énorme !

HARPAGON.

Instruisez le procès sans pécher en la forme.
Pour ce crime il n'est pas de supplice assez grand !
S'il restait impuni, quel serait le garant
De la vie et des biens de qui que ce puisse être ?
Avec sécurité de quoi serait-on maître ?

LE COMMISSAIRE.

Comment était la somme ?

HARPAGON.

En beaux écus tournois,
Excellents louis d'or et pistoles de poids.

LE COMMISSAIRE.

Et qui soupçonnez-vous de ce vol ?

HARPAGON.

Tout le monde.
Le seul allégement à ma douleur profonde
Est qu'on mette aux arrêts la ville et les faubourgs.

LE COMMISSAIRE.

N'effarouchons personne et prenons des détours
Pour tâcher d'attraper quelques preuves ; ensuite
Nous pourrons procéder en la forme prescrite
Contre les délinquants, afin de recouvrer
Les deniers que chez vous ils ont su déterrer.

SCÈNE II.

HARPAGON, LE COMMISSAIRE, MAITRE-JACQUES.

MAÎTRE-JACQUES, *du fond du théâtre, en se retournant*
du côté par lequel il est entré.

Je m'en vais revenir ; qu'on me l'égorge vîte ;
Qu'on lui grille les pieds ; puis, qu'on le précipite
Dans l'eau bouillante , enfin , qu'on le pende au plancher.

HARPAGON , *à Maître-Jacques.*

Qui ? mon voleur , celui que je faisais chercher ?

MAÎTRE-JACQUES.

C'est d'un cochon de lait que je parle ; Valère ,
Votre intendant , qui veut vous faire bonne chère ,
Vient de me l'envoyer et je veux l'apprêter
De manière , monsieur ; à vous ravigoter.

HARPAGON.

Ce que tu me dis là ne m'intéresse guère ;
C'est à monsieur qu'il faut parler d'une autre affaire.

LE COMMISSAIRE , *à Maître-Jacques.*

Ne vous chagrinez point, n'ayez nulle frayeur ;
Loin de vous offenser, je veux avec douceur
Vous traiter.

MAÎTRE-JACQUES.

Du souper , certes, monsieur doit être ?

LE COMMISSAIRE.

Il ne faut rien cacher, mon cher , à votre maître.

MAÎTRE-JACQUES.

Ma foi, je montrerai, monsieur, tout mon savoir ;
Et vous traitant du mieux qu'il est en mon pouvoir,
J'acquerrai quelques droits à votre bienveillance.

HARPAGON.

Ce n'est pas là l'affaire.

MAÎTRE-JACQUES.

Ah ! vous feriez bombance
Sans monsieur l'intendant, qui pour faire sa cour,
S'occupe à me rogner les ailes chaque jour
Au moyen des ciseaux de son économie.

HARPAGON.

D'une somme, morbleu, qu'un coquin m'a ravie,
Il s'agit maintenant et non pas du souper ;
Traître, n'en sais-tu rien ? dis-le, sans te couper.

MAÎTRE-JACQUES.

On vous a pris votre or ?

HARPAGON.

Oui, coquin ; à le rendre
Si tu ne te résous, je vais te faire pendre.

LE COMMISSAIRE, *à Harpagon.*

Ne le traitez donc pas avec tant de rigueur ;
A sa mine je vois qu'il est homme d'honneur ;
De le mettre en prison ce n'est pas nécessaire ;
Quoi qu'il sache, monsieur, loin d'en faire mystère,
Il va le déclarer. (*à Maître-Jacques.*) Oui, n'appréhendez rien,
Mon ami, soyez sûr qu'on vous fera du bien ;
Si vous nous confessez la chose, votre maître,
Charmé de vos aveux, saura le reconnaître.
On vient de le voler, oh ! vraisemblablement
Vous devez être instruit de cet événement ?

MAÎTRE-JACQUES, *à part.*

Voici l'occasion d'exercer ma vengeance
Sur monsieur l'intendant; dieux! quelle jouissance!
Il n'a pas plutôt mis le pied dans la maison,
Qu'il est le favori, que lui seul a raison.
Tantôt j'ai du faquin reçu la bastonnade,
Et sur le cœur encor me pèse l'incartade.

HARPAGON.

Sur quoi rumines-tu?

LE COMMISSAIRE, *à Harpagon.*

Laissez-le réfléchir :
Il s'apprête à parler selon votre désir.
Je vous avais bien dit qu'il était honnête homme.

MAÎTRE-JACQUES.

Monsieur, à dire vrai, je crois votre économe,
Votre cher intendant, coupable du délit.

HARPAGON.

Valère?

MAÎTRE-JACQUES.

Oui.

HARPAGON.

Se peut-il? ah! je suis interdit;
Lui, qui jusqu'à présent m'a paru si fidèle !

MAÎTRE-JACQUES.

Lui-même a sur votre or mis sa main criminelle;
Je le crois.

HARPAGON.

Mais, du moins faut-il dire sur quoi?

MAÎTRE-JACQUES.

Sur quoi?

HARPAGON.

Certainement.

MAÎTRE-JACQUES.

Sur ce que je le croi.

LE COMMISSAIRE.

Quels indices, enfin, en avez-vous? le dire
Est nécessaire.

HARPAGON.

Allons, l'as-tu vu s'introduire
Dans l'endroit où j'avais déposé mon argent?
Y rôdait-il autour?

MAÎTRE-JACQUES.

Oui, tout comme un sergent.
Votre trésor était?

HARPAGON.

Dans le jardin.

MAÎTRE-JACQUES.

Là même
Je l'ai vu fureter avec un soin extrême.
Et dans quoi cet argent était-il contenu?

HARPAGON.

Dans une cassette.

MAÎTRE-JACQUES.

Oui, le fait m'est bien connu:
Valère en portait une.

HARPAGON.

Et de cette cassette
Peux-tu dire la forme et comment elle est faite?
Je verrai sur-le-champ si c'est la mienne.

16

MAÎTRE-JACQUES.

                                    Mais ,
Elle est faite.... (*à part.*) Que dire? où trouver quelque biais?
(*haut.*)
Eh ! comme une cassette.

LE COMMISSAIRE.

                    Il faut nous la dépeindre ;
Sachez que ce n'est point ici le cas de feindre.

MAÎTRE-JACQUES.

Elle est grande, monsieur, autant qu'il m'en souvient.

HARPAGON.

Celle qu'on m'a volée est petite.

MAÎTRE-JACQUES.

                        Il me vient
Qu'elle est petite; aussi, loin que je m'en défende ,
Je le dis comme vous; mais je l'appelle grande
Pour ce qu'elle contient.

HARPAGON.

                Et quelle est sa couleur ?

MAÎTRE-JACQUES.

Sa couleur, dites-vous ?

HARPAGON.

            Oui.

MAÎTRE-JACQUES.

                    Mais, je crois, monsieur,
Qu'elle est.... aidez-moi donc afin que je le dise ?

HARPAGON.

Hé !

MAÎTRE-JACQUES.

    N'est-elle pas rouge?

HARPAGON.

Oh ! tu sais qu'elle est grise.

MAÎTRE-JACQUES.

Gris, rouge, c'est cela ; j'allais précisément
Le déclarer.

HARPAGON.

Nul doute ; oh ! c'est elle vraiment.
Ecrivez, écrivez, monsieur le commissaire,
La déposition que l'on vient de vous faire.
Ciel ! à qui se fier ? ne jurons plus de rien ;
Après cela, qui peut se dire homme de bien,
Et n'être point tenté de se voler soi-même ?

MAÎTRE-JACQUES, *à Harpagon.*

Le voici qui revient ; ah ! mon trouble est extrême ;
De dénonciateur j'ai fait le triste emploi ;
De grâce, au moins, monsieur, cachez-lui que c'est moi.

SCÈNE III.

HARPAGON, LE COMMISSAIRE, VALÈRE, MAITRE-
JACQUES.

HARPAGON.

OR çà, viens confesser l'action la plus noire,
Le plus grand attentat que d'humaine mémoire
On n'avait vu commettre.

VALÈRE.

Eh ! que me veut, monsieur ?

HARPAGON.

Ton crime, malheureux, me fait frémir d'horreur ;
Et tu n'en rougis pas !

VALÈRE.

Mais encor, quelle faute
Voulez-vous m'imputer ?

HARPAGON.

Crois-tu que je radote ?
Tu le sais mieux que moi ; tu ne peux m'abuser,
Infâme, tu voudrais en vain le déguiser.
Oui, tout est découvert ; on vient de m'en instruire ;
Me tromper de la sorte, et chez moi s'introduire
Exprès pour me trahir et me jouer un tour....

VALÈRE.

Puisqu'on vous a tout dit, monsieur, d'aucun détour
Pour vous nier le fait, ne me croyez capable.

MAÎTRE-JACQUES, *à part.*

Oh! oh! qui l'aurait dit? sans penser au coupable,
Aurais-je deviné ?

VALÈRE.

Monsieur, vous en parler
Etait bien mon dessein ; et pour tout révéler
J'attendais, inquiet, quelque moment prospère ;
Mais puisqu'il est ainsi, montrez-vous moins sévère ;
Ne vous fâchez donc pas ; je vous conjure enfin
D'écouter mes raisons.

HARPAGON.

Où sont celles, coquin !
Que tu peux me donner? voleur, brigand, infâme !

VALÈRE.

Mérité-je ces noms? ah! vous me percez l'âme.
Après avoir commis une offense envers vous,
Je devais, il est vrai, craindre votre courroux ;
Ma faute toutefois me semble pardonnable.

HARPAGON.

C'est un vrai guet-apens, un crime abominable ;
Et je l'excuserais !

VALÈRE.

Ne vous emportez pas ;
Quand vous m'aurez ouï, vous verrez que le cas,
Moins que vous ne pensez, mérite votre blâme ;
Le mal n'est pas si grand ; croyez-le, sur mon âme.

HARPAGON.

Pas si grand ! quelle audace ! et tu comptes pour rien
De m'avoir pris mon sang, mes entrailles, vaurien ?

VALÈRE.

Dans de mauvaises mains votre sang où j'aspire
N'est pas tombé, monsieur ; je suis, j'ose le dire,
D'une condition à ne point le ternir ;
Je puis tout réparer, et j'en ai le désir.

HARPAGON.

C'est bien ce que je veux ; il faut d'abord me rendre
Ce que tu m'as ravi.

VALÈRE.

Ne faisons point d'esclandre ;
Loin de vouloir donner atteinte à votre honneur,
Je le satisferai ; cela me tient au cœur.

HARPAGON.

Il ne s'agit ici ni d'honneur, ni de gloire ;
Mais, quel est le moteur d'une action si noire ?

VALÈRE.

Me le demandez-vous ? hélas !

HARPAGON.

Et pourquoi non ?

VALÈRE.

Un Dieu qui nous accorde aisément le pardon.
De ce qu'on fait, lui-même il porte les excuses ;
L'amour.

HARPAGON.

Quoi ! l'amour ?

VALÈRE.

Oui.

HARPAGON.

Vainement tu l'accuses.
Et c'est un autre amour, celui de mes louis.

VALÈRE.

Mes yeux n'en ont été nullement éblouis ;
De prétendre à vos biens je n'ai point eu l'envie ;
Celui que j'ai suffit à mon âme asservie ;
Daignez me l'accorder.

HARPAGON.

Je m'en garderai bien ;
N'y compte pas, morbleu ; mais voyez le vaurien ,
De vouloir retenir le vol qu'il m'a su faire !

VALÈRE.

Donner le nom de vol à cela ! (*à part.*) Comme il erre !

HARPAGON.

Nommerais-je autrement un semblable trésor ?

VALÈRE.

Un trésor, oui , monsieur, et d'un grand prix encor;
Vous n'en possédez pas sans doute de plus rare ;
Laissez-le en mon pouvoir, n'en soyez pas avare ;
Et vous n'y perdrez pas : à genoux je me mets
Pour vous le demander, ce trésor plein d'attraits ;
Si vous me l'accordiez, vous ne sauriez mieux faire.

HARPAGON.

Non, je n'en ferai rien, allons, plus de mystère.

VALÈRE.

Nous nous sommes promis un amour mutuel;
Nous avons fait serment à la face du ciel
De ne nous point quitter.

HARPAGON.

                    Quel serment remarquable !
Quelle étrange promesse !

VALÈRE.

                    Oui, pour un but louable,
D'après l'engagement qu'avec elle j'ai pris,
L'un et l'autre à jamais nous devons être unis.

HARPAGON.

Je saurai mettre obstacle à ce dessein coupable.

VALÈRE.

Ah ! de nous séparer la mort seule est capable.

HARPAGON.

C'est après mon argent être bien endiablé!

VALÈRE.

Non, monsieur, l'intérêt ne m'a point aveuglé;
Croyez que de mon cœur il n'est pas le mobile;
Et que je n'eus jamais, dieu merci, l'âme vile.
Le plus noble motif ici m'a fait agir;
Le sort en est jeté, je ne saurais fléchir.

HARPAGON.

Allons, vous le verrez; par charité chrétienne
Il veut avoir mon bien: mais pour qu'il me revienne
Je donnerai bon ordre; oui, pendard effronté,
Je veux que la justice avec sévérité
Te poursuive, et de tout te fasse rendre compte.

VALÈRE.

Faites à votre gré ; sans plaintes et sans honte
Je suis prêt à souffrir les actes de rigueur
Que vous suggérera votre injuste fureur.
Si cet événement vous paraît condamnable ,
N'en accusez que moi , je suis le seul coupable :
Oui , votre fille n'a rien à se reprocher ;
Ce serait mal agir que de vous le cacher.

HARPAGON.

Je le crois bien vraiment : il serait fort étrange
Que ma fille surtout qui passait pour un ange ,
Eût trempé dans un crime à coup sûr inouï.
(*à part.*)
Hélas ! mon bel argent , où t'a-t-on enfoui ?
(*haut.*)
Mais je désire fort rattraper mon affaire ;
Il faut, sans différer, me confesser , Valère ,
Où tu l'as enlevée.

VALÈRE.

Enlevée ! ah ! monsieur ,
Ne me soupçonnez pas d'une si grande erreur ;
Elle est encor chez vous.

HARPAGON , *à part.*

O ma chère cassette !
(*à Valère.*)
De ma maison , dis-moi, tu ne l'as point soustraite?

VALÈRE.

Non , monsieur.

HARPAGON.

D'y toucher te serais-tu permis ?

VALÈRE.

Y toucher ! à ce point, moi, j'aurais compromis

Son honneur et le mien! ah! que cette pensée
Nous fait tort à tous deux! j'en ai l'âme oppressée.
De l'amour le plus pur, le plus respectueux,
Sachez que j'ai brûlé pour l'objet de mes vœux.

HARPAGON.

Brûlé pour ma cassette?

VALÈRE.

     Oui, plutôt rendre l'âme
Que d'avoir fait outrage à celle qui m'enflamme;
Sage, honnête, peut-elle être en butte à cela?

HARPAGON.

Ma cassette, dis-tu, sage, honnête? holà!

VALÈRE.

J'ai borné mes désirs à jouir de sa vue;
Toujours dans mes propos beaucoup de retenue,
Je n'ai point profané le tendre sentiment
Dont ses yeux à mon cœur ont fourni l'aliment.

HARPAGON.

Les yeux de ma cassette! il parle d'elle-même,
Tel qu'un amant ferait de la beauté qu'il aime.

VALÈRE.

Dame Claude, du fait sachant la vérité,
Vous en sera garant par sa véracité.

HARPAGON.

Ma servante serait complice de l'affaire!

VALÈRE.

Oui, monsieur, de nos vœux elle est dépositaire;
Elle nous a vus prendre un tendre engagement.
Si votre fille et moi, nous avons fait serment
D'être unis à jamais, c'est par son entremise
Qu'à me donner sa foi j'ai pu porter Elise.

                         17

HARPAGON, *à part.*

Hé ! comme il extravague ! il ne sait ce qu'il dit ;
La peur de la justice a troublé son esprit.
 (*haut.*)
Mêler ici ma fille ! en quoi donc est-ce utile ?

VALÈRE.

Je dis qu'à mon amour il n'était pas facile
De vaincre sa pudeur ; mais il a réussi,
Et si vous l'approuvez, je n'ai plus de souci.

HARPAGON.

La pudeur ; et de qui ?

VALÈRE.

Monsieur, de votre fille.
A mes yeux maintenant le plus doux espoir brille ;
Depuis hier Elise a comblé tous mes vœux ;
Consentant à former avec moi de saints nœuds,
De m'épouser elle a souscrit une promesse.

HARPAGON.

Se peut-il que ma fille ait signé !.... la traîtresse !

VALÈRE.

Oui, monsieur, elle en a le double de ma main ;
De vous seul à présent dépend notre destin.

HARPAGON.

O ciel ! autre disgrace ; ah ! ce coup-là m'atterre.

MAÎTRE-JACQUES, *au Commissaire.*

Ecrivez sans au moins rien omettre à l'affaire.

HARPAGON.

Rengrégement de mal, surcroît de désespoir !
 (*Au Commissaire.*)
De votre charge, allons, remplissez le devoir ;

Faites-lui son procès, qu'on dresse une potence :
Larron et suborneur, ces deux griefs, je pense,
Assez sur lui des lois appellent la rigueur.

MAÎTRE-JACQUES.

N'oubliez pas ces mots : Larron et suborneur !

VALÈRE.

Ils ne me sont pas dus, ces noms, et je me flatte
Qu'en sachant qui je suis.....

SCÈNE IV.

HARPAGON, ÉLISE, MARIANNE, VALÈRE, FROSINE, MAITRE-JACQUES, LE COMMISSAIRE.

HARPAGON.

O fille scélérate !
Fille indigne de moi ! les leçons, les avis,
Que t'a donnés ton père, ainsi donc sont suivis !
Tu t'es prise d'amour pour un voleur infâme ;
La pudeur de côté, nulle crainte du blâme,
Tu lui donnes ta foi sans mon consentement !
Mais vous serez trompés tous deux totalement :
Quatre murs te tiendront sous mon obéissance.
(*A Valère.*)
Quant à toi, scélérat, une bonne potence
Va me faire raison de ta témérité.

VALÈRE.

On jugera le fait sans partialité,
Et votre passion n'aura point d'influence.
Avant que contre moi l'on rende une sentence,
Oui, l'on m'écoutera ; je ne suis point fautif.

HARPAGON.

C'est trop peu que pendu ; tu seras roué vif.

ÉLISE, *aux genoux d'Harpagon.*

Ah ! mon père, soyez plus humain, je vous prie ;
Vous comporter ainsi, c'est une tyrannie.
Changez de sentiments ; on passe pour cruel
Quant on veut abuser du pouvoir paternel.
Aux premiers mouvements d'une humeur violente
Devez-vous vous laisser entraîner ? imprudente
Est donc votre conduite. Il faut, avant d'agir,
Sur vos moindres projets quelque temps réfléchir.
Daignez voir de bon œil ce jeune homme estimable ;
De vous en offenser vous êtes très-blâmable.
Oui, vous le jugerez avec moins de rigueur,
Quand vous saurez que c'est à mon libérateur
Que par les plus doux nœuds je prétends être unie :
Votre fille, sans lui, vous eût été ravie.
Dans l'eau, vous le savez, un jour j'allais périr ;
Du danger il parvint seul à me garantir ;
Vous lui devez les jours de cette même fille,
Dont....

HARPAGON.

Cela n'est, ma foi, qu'une pure vétille ;
Il valait beaucoup mieux qu'il la laissât noyer
Que de se comporter comme un aventurier.

ÉLISE.

Par l'amour paternel instamment je vous prie
De m'entendre.

HARPAGON.

Non, non ; de sa coquinerie
Moi, je serai la dupe ! oh ! le drôle va voir !
La justice fera, j'espère, son devoir.

MAÎTRE-JACQUES, *à part.*

Et mes coups de bâton, il faut bien qu'il les paie.

FROSINE, *à part.*

Quel étrange embarras ! combien cela m'effraie !

SCÈNE V.

HARPAGON, ÉLISE, MARIANNE, VALÈRE, FROSINE,
MAÎTRE-JACQUES, LE COMMISSAIRE, ANSELME.

ANSELME.

SEIGNEUR Harpagon, qu'est-ce ? oh ! quelle émotion
J'aperçois dans vos traits !

HARPAGON.

        A mon affliction,
Seigneur Anselme, rien, certes, n'est comparable ;
Vous voyez un mortel que le malheur accable.
Troublé dans mes projets, à mon grand déplaisir,
Je crains que votre hymen ne puisse s'accomplir.
Dans le bien, dans l'honneur voilà qu'on m'assassine.
Un traître, un scélérat que l'enfer endoctrine,
A violé les droits les plus saints, et chez moi,
A titre de valet s'est coulé, par ma foi,
Pour voler mon argent et suborner ma fille.

VALÈRE.

Qui songe à votre argent ? cherchez qui vous le pille ;
Et d'un crime si noir cessez de m'accuser.

HARPAGON.

Ils se sont par écrit promis de s'épouser.
Seigneur Anselme, à vous cet outrage s'adresse ;
Le laisser impuni serait une faiblesse.

Devant les tribunaux poursuivez-en l'auteur ;
Il sera condamné comme un vil suborneur :
Fournissez donc aux frais de cette procédure ;
Et vous triompherez, Seigneur, la chose est sûre.

ANSELME.

Pour me faire épouser je n'ai pas le dessein
D'user de violence ; et ce serait en vain,
Si son cœur s'est donné, que j'en aurais l'envie :
Y prétendre serait une grande folie.
Quant à vos intérêts, ils me tiennent au cœur ;
Je suis prêt à les prendre avec la même ardeur
Que si c'étaient les miens.

HARPAGON.

　　　　　　　Monsieur est commissaire ;
Il est honnête, instruit, et m'a dit qu'à l'affaire
Il mettrait tous ses soins.
　　(*Au Commissaire, montrant Valère.*)
　　　　　　　Chargez-le comme il faut ;
Faites qu'il ait au moins la potence pour lot.

VALÈRE.

Mais, dans quel temps, grands dieux! l'amour fut-il un crime?
Votre fille me plaît, je l'aime, je l'estime;
Nos cœurs ont pris plaisir l'un l'autre à s'engager,
Quel supplice peut-on pour cela m'infliger ?
Et lorsque l'on saura ce que je suis, j'espère....

HARPAGON.

De tous ces contes-là, morbleu! je n'ai que faire ;
Et le monde aujourd'hui n'est plein que d'affronteurs,
Vrais larrons de noblesse, insignes imposteurs,
Qui parviennent souvent à se donner du lustre
En osant s'affubler du premier nom illustre
Qu'il leur plaît....

VALÈRE.

Ah ! sachez que j'ai le cœur bien né.
D'un nom que mes parents ne m'auraient pas donné,
Moi, je me parerais ! inutile arrogance !
Tout Naple est dans le cas d'attester ma naissance.

ANSELME.

Halte-là ; gardez-vous de nous en imposer ;
A de trop grands dangers ce serait s'exposer.
Ah ! je verrai bientôt si vous êtes sincère ;
Dites la vérité, je vous le réitère :
Naples m'étant connu, je saurais réfuter
Tout ce que vous auriez l'audace d'inventer.

VALÈRE.

Je n'appréhende rien, mais il sera facile
A monsieur qui prétend connaître cette ville,
De dire ce qu'était don Thomas d'Alburci.

ANSELME.

En parler ne me met nullement en souci ;
Personne mieux que moi ne l'a connu.

HARPAGON, *voyant deux chandelles allumées, en souffle*
une.

Qu'importe ?
Don Thomas, don Martin, des gens de cette sorte
Ne m'intéressent pas.

ANSELME.

Laissez-le donc parler ;
Au moins, nous pourrions voir ce qu'il veut révéler.

VALÈRE.

De Thomas d'Alburci, messieurs, je tiens la vie.

ANSELME.

De lui ?

VALÈRE.

Certainement.

ANSELME.

C'est une moquerie.
Cherchez quelque autre conte ; à nous faire plaisir ,
Mieux que cette imposture , il pourra réussir.
Et vouloir vous sauver sous ce mensonge horrible ,
Ne vous abusez pas ; c'est la chose impossible.

VALÈRE.

Songez à mieux parler ; loin d'être un imposteur ,
Aimant la vérité, jaloux de mon honneur ,
Je puis justifier ce que sur ma naissance
J'ai sans crainte avancé.

ANSELME.

Grands dieux ! quelle arrogance !
Oser se dire fils de Thomas d'Alburci !

VALÈRE.

Oui , je l'ose, monsieur, personne, dieu merci ,
Ne peut m'en empêcher.

ANSELME.

L'audace est merveilleuse ;
Ne croyez pourtant pas qu'elle vous soit heureuse.
Apprenez que seize ans au moins sont écoulés
Depuis que sur les flots l'homme dont vous parlez
A fait naufrage, lui, ses enfants et sa femme.
Ils s'échappaient de Naple , où la rage dans l'âme ,
Des brigands effrénés traitaient cruellement
Tous les amis de l'ordre et principalement
Les nobles dont plusieurs prirent aussi la fuite.

VALÈRE.

Oui, mais pour vous confondre apprenez donc la suite :
Moins fâcheuse elle fut que vous ne le pensez.

Son fils avait sept ans ; dans les flots courroucés
Un domestique et lui, près de perdre la vie,
Tout à coup du danger la virent garantie :
Un navire espagnol parvint à les sauver ;
Et ce fils, que le ciel a voulu conserver,
Vous parle maintenant. Touché de ma misère,
Le capitaine humain, me tenant lieu de père,
Prit soin de m'élever comme son propre fils ;
Des armes le métier fut celui que je pris
Dès que j'en fus capable, et je le fis en brave ;
Toujours de mes devoirs on me voyait esclave.
Assez long-temps j'ai cru que mon père était mort,
Mais j'ai su depuis peu qu'il existait encor.
Pour le chercher, ici je passe ; une aventure
Par le ciel concertée, oh ! oui, tout me l'assure,
De la charmante Élise offre à mes yeux les traits,
Et je brûle soudain d'amour pour ses attraits.
Dès-lors dans son logis je cherche à m'introduire ;
Par cette vive ardeur que sa beauté m'inspire
Et les sévérités de son père, j'en prends
La résolution. Quant à mes chers parents,
Quelqu'un autre est chargé d'aller s'en mettre en quête.

ANSELME.

Mais à de simples mots faut-il que l'on s'arrête ?
Et peut-on cesser d'être un instant soupçonneux ?
Ce que vous avez dit paraît si fabuleux !
Des faits donnez-nous donc quelque preuve certaine ?

VALÈRE.

Du navire espagnol le brave capitaine ;
Un cachet de mon père, il était de rubis ;
Ensuite ce qu'au bras ma mère m'avait mis,
C'était, je m'en souviens, un bracelet d'agate ;
On n'objectera rien à cela, je m'en flatte.
Enfin le vieux Pedro, fidèle serviteur,
Du naufrage sauvé comme moi par bonheur.

18

MARIANNE.

Hélas ! vous dites vrai ; par ce récit sincère
Je connais clairement que vous êtes mon frère.

VALÈRE.

Vous, ma sœur !

MARIANNE.

　　　　　　　Oui, sitôt que vous avez parlé,
J'ai pressenti la chose et mon cœur s'est troublé.
Quel plaisir vous allez causer à notre mère !
Vous lui serez garant d'un avenir prospère ;
Souvent elle m'a dit, pour soulager son cœur,
Combien notre famille a joué de malheur.
Le ciel ne nous fit point périr dans ce naufrage ;
Mais s'il sauva nos jours, dans un dur esclavage
Nous les avons passés, hélas ! pendant dix ans.
Notre vaisseau brisé fut vu par des forbans ;
Et pour nous recueillir bientôt ils l'approchèrent :
Ces barbares enfin du péril nous sauvèrent.
Par un heureux hasard notre captivité
Eut fin : alors, usant de notre liberté,
Nous revînmes à Naple en toute diligence.
Nos biens avaient été vendus en notre absence ;
De mon père chacun ignorait le destin.
Croyant que son trépas n'était que trop certain,
Nous passâmes à Gêne ; et, pleine de courage,
Quoiqu'on eût déchiré son modeste héritage,
Ma mère en ramassa les malheureux débris.
Ensuite résolue à quitter un pays
Où d'injustes parents l'avaient si maltraitée,
Elle vint en ces lieux : constamment attristée,
Elle n'a pu passer que des jours languissants.

ANSELME.

O ciel ! que tes décrets sont cachés et puissants !

Il n'appartient qu'à toi de faire des miracles.
Mes enfants, vous m'offrez le plus doux des spectacles,
Du destin il me fait oublier tous les torts :
Embrassez-moi, mêlez promptement vos transports
A ceux d'un père....

VALÈRE.

Eh! quoi! vous êtes notre père?
Juste ciel! c'est donc vous qu'a tant pleuré ma mère?

ANSELME.

Oui, mes enfants; je suis don Thomas d'Alburci,
De la fureur des flots, préservé, dieu merci,
Avec tout mon argent; et durant seize années
Croyant que vous aviez fini vos destinées,
J'ai beaucoup voyagé pour calmer mes regrets :
Je n'ai pu réussir et je me préparais
A chercher dans l'hymen d'une sage personne
La consolation qu'une famille donne.
Naples, ce beau pays, toujours plus agité,
Ne pouvait plus m'offrir la moindre sûreté.
Je renonçai pour lors à revoir ma patrie ;
J'y fis vendre mes biens ; leur valeur réunie
Me parvint tout entière en effets au porteur.
M'habituant ici, j'ai voulu du malheur
A mon nom attaché détruire jusqu'aux traces.
C'est sous celui d'Anselme, enfin, que mes disgrâces
Ont pu s'atténuer.

HARPAGON, à *Anselme.*

C'est donc là votre fils?

ANSELME.

Oui.

HARPAGON.

Je m'en prends à vous: de l'argent qu'il m'a pris,
De mes dix mille écus vous devez me répondre.

ANSELME.

Lui, vous avoir volé?

HARPAGON.

Lui-même, à le confondre
Les témoins sont tout prêts.

ANSELME.

Mais, qui vous dit cela?

HARPAGON.

C'est Maître-Jacques.

VALÈRE, *à Maître-Jacques.*

Toi?

MAÎTRE-JACQUES.

Je ne dis rien.

HARPAGON.

Voilà
Monsieur le Commissaire à qui son témoignage
N'a point paru suspect; en faut-il davantage?

VALÈRE.

Vous me croiriez capable!... ah! c'est trop outrageant.

HARPAGON.

Capable, ou non, je veux rattraper mon argent.

SCÈNE VI.

HARPAGON, ÉLISE, MARIANNE, VALÈRE, FROSINE,
MAITRE-JACQUES, LE COMMISSAIRE, CLÉANTE,
LAFLÈCHE.

CLÉANTE.

NE vous tourmentez point, mon père; il n'est personne
Qu'injustement ici de vol on ne soupçonne.

J'ai de votre cassette un indice certain :
A mes vœux accordez Marianne, et soudain
Elle vous est rendue.

HARPAGON.

Où donc l'as-tu fourrée?

CLÉANTE.

N'en soyez point en peine; elle est pour nous sacrée;
Et je vous en réponds; c'est à vous de choisir
Celui des deux objets qui vous fera plaisir.
Allons, décidez-vous; que rien ne vous arrête :
Me donner Marianne, ou perdre la cassette.

HARPAGON.

N'en a-t-on rien ôté?

CLÉANTE.

Rien du tout. Mais enfin,
Que déterminez-vous? est-ce votre dessein
D'approuver cet hymen, d'imiter une mère,
Qui, bonne, complaisante, autant que vous sévère,
A sa fille permet le choix entre nous deux?

MARIANNE.

Mais vous ne savez pas que bien qu'avantageux
Soit ce consentement, il ne saurait suffire;
Qu'on peut à notre hymen refuser de souscrire.
Le ciel vient de me rendre un frère ici présent;
Un père de sa part est un double présent;
Par eux notre union doit donc être approuvée.

ANSELME.

D'un père trop long-temps ma famille privée,
Ne doit pas aujourd'hui le trouver inhumain;
Le ciel me rend à vous et change mon destin;
Mes enfants, à vos vœux pourrais-je être contraire?

Mais, seigneur Harpagon, je pourrais vous déplaire
Si je vous faisais part de ce que j'entrevois :
D'une jeune personne assurément le choix
Tombera sur le fils plutôt que sur le père ;
Vous devez le juger ; comme moi débonnaire,
A ce double hyménée il faut donc consentir.

HARPAGON.

Pour me donner conseil, j'ai besoin de jouir
De l'agréable aspect de ma chère cassette.

CLÉANTE.

Votre envie à l'instant peut être satisfaite ;
Vous la verrez intacte.

HARPAGON.

        Oh ! je vous avertis
Au moins qu'en mariage à ma fille, à mon fils
Je n'ai rien à donner.

ANSELME.

        Le dire est inutile ;
J'ai de l'argent pour eux ; ayez l'esprit tranquille.

HARPAGON.

Aux frais du double hymen vous obligerez-vous ?

ANSELME.

Sans doute ; je m'oblige à les acquitter tous.
Etes-vous satisfait ?

HARPAGON.

        Oui. Du moins si j'adhère,
Pour les noces je veux que vous me fassiez faire
Un habit.

ANSELME.

        J'y consens ; allons nous réjouir.
Dieux ! quel bonheur ce jour est venu nous offrir !

LE COMMISSAIRE.

Holà! messieurs, holà! doucement, je vous prie,
Mes écritures....

HARPAGON.

Bah! qui de nous s'en soucie?

LE COMMISSAIRE.

Je veux qu'on me les paie; allons, point de retard,
Ou je protesterai contre tous sans égard.

HARPAGON.

Vous pouvez les garder, nous n'en avons que faire.

LE COMMISSAIRE.

Non, ce n'est point gratis qu'agit un commissaire.

HARPAGON, *montrant Maître-Jacques.*

Soit. Pour votre paiement prenez cet homme-là;
Je vous le donne à pendre.

LE COMMISSAIRE.

Oh! ce n'est point cela,
Mais de l'argent qu'il faut, messieurs, je le répète:
La justice autrement est-elle satisfaite?

MAÎTRE-JACQUES.

Comment donc faut-il faire? hélas! je n'en sais rien.
Je dis la vérité, l'on me bâtonne bien;
Maintenant pour mentir on veut m'ôter la vie!

ANSELME.

Par crainte il est l'auteur de cette calomnie;
Il est bien excusable: ah! Seigneur Harpagon,
De grâce, à ce pauvre homme accordez le pardon.

HARPAGON.

Vous paîrez, n'est-ce pas, les frais du commissaire?

ANSELME.

Soit. Allons tout de suite auprès de votre mère ;
Nous lui témoignerons la joie où sont nos cœurs ;
Le ciel a daigné mettre un terme à nos malheurs !

HARPAGON.

Que quelqu'un de la mienne au moins soit l'interprète !
Car je vais de ce pas voir ma chère cassette.

FIN.

www.ingramcontent.com/pod-product-compliance
Lightning Source LLC
Chambersburg PA
CBHW070814250626
47170CB00006B/2098